MARIT BERNSON | MICHELLE SCHRENK

Kein Küsschen unter dieser Nummer

MARIT BERNSON & MICHELLE SCHRENK

KEIN Küsschen UNTER dieser NUMMER

Roman

1. Auflage, 2025

Michelle Schrenk
Vogelbeerweg 16
90584 Allersberg

Korrektorat: Lilli T.
Buchsatz: Sabine Albrecht, Benisa Werbung
Covergestaltung und Grafiken im Innenteil:
Michelle Schrenk, @canva, www.canva.com
Porträt Michelle Schrenk: Nathalie Majewski, namama-fotografie.com

Druck & Bindung:
Totem.com.pl
Spółka z ograniczoną odpowiedzialnością Spółka komandytowa
Jacewska 89, 88-100 Inowrocław, Polen

ISBN: 978-3-6902819-7-3

Danke an alle Partner, ohne deren Unterstützung
dieses Buch nicht möglich gewesen wäre.

Kein Küsschen unter dieser Nummer - uuups ...

ALS MEINE OMA SEXY WURDE

PROLOG

ER IST TOT!

Ich habe ihn umgebracht.

»Corben?! Verdammt, wach auf! Das ist doch jetzt nicht dein Ernst?! Du verarschst mich doch.«

Ich rüttele vorsichtig an seinen Schultern. Nichts.

O Gott.

O mein Gott.

Das wollte ich nicht.

Komme ich dafür ins Gefängnis? Auch, wenn es ein Versehen war? Ein Unfall?

Mein Herz hämmert.

Handy! Ich brauche mein Handy. Jetzt.

Ich springe auf, renne ins Wohnzimmer, reiße das Handy vom Tisch und tippe mit zitternden Fingern eins-eins-zwei.

»Notrufzentrale, was ist Ihr Notfall?«

Keuchend renne ich zurück ins Schlafzimmer. »Ähm … mein Freund – also ein Freund – liegt hier am Boden und … er bewegt sich nicht mehr!« Hastig rattere ich meine Adresse runter.

»Okay, bleiben Sie ruhig. Was genau ist passiert?«

Ich starre auf Corbens reglosen Körper.

Ruhig bleiben? RUHIG BLEIBEN?!

»Also, ähm, wir waren … also wir haben … na ja …«

Wo soll ich anfangen? Die ganze Geschichte wäre jetzt zu kompliziert.

KAPITEL 1

DER TAG, AN DEM MEINE OMA SEXY WURDE

Einige Tage vorher

Es tut mir leid, aber ich glaube, wir wollen einfach verschiedene Dinge.

Ja, so kann man es auch ausdrücken. Jörg will Sabine – und ich nicht.

So ein Penner! Dieser schreckliche Kerl! Wie konnte ich nur meine Zeit an ihn verschwenden? Ich hätte es wissen müssen. Er ist ein Idiot. Ein Superidiot. Und er ist es eigentlich gar nicht wert, dass ich noch einen einzigen Gedanken an ihn verschwende.

Ich bin offiziell fertig mit der Liebe.

Das beschließe ich genau in diesem Moment, hier auf meiner Couch in eine kuschelige Decke gewickelt. Eigentlich ein normaler Donnerstag – wenn man von dieser schäbigen Nachricht absieht.

Es ist nicht so, dass ich naiv bin. Wirklich nicht. Ich hätte es wissen müssen. Aber trotzdem sitze ich jetzt hier – Single, genervt und mit gebrochenem Herzen.

Ich schnaube und drücke mein Gesicht ins Kissen. Mal wieder allein. O Mann.

Oma würde jetzt sagen, dass alles halb so wild ist.

»Die Liebe kommt, wenn du es am wenigsten erwartest«, hat sie immer gesagt. »Das wird schon, Herzilein.«

Das war ihr Spitzname für mich, wegen meines Nachnamens, Herzig.

Ja, Omas Worte klingen eigentlich schön, aber mal ehrlich – wer will schon die große Liebe finden, wenn er mit fettigen Haaren und im Pyjama zum Supermarkt geht?

Der Traummann in der Tiefkühlabteilung – der neue Film mit Liam Hemsworth oder so.

Er in Jogginghose mit einer Packung Pizza in der Hand, sie mit einem Messiedutt und dem passenden Wein. Zack – große Liebe. Ganz einfach. Ich seufze tief und wische mir mit dem Ärmel über die Augen. Weine ich jetzt ernsthaft wegen Jörg?

Es ist ja nicht so, dass ich verzweifelt wäre, nur weil ich Single bin. Ich komme gut allein klar. Wirklich. Selbst die Beziehung mit Jörg – wobei das Wort Beziehung in dicke fette Anführungszeichen gehört – hat sich nie so angefühlt.

Ja, wir haben uns hin und wieder getroffen. Aber irgendwie … so toll war es nicht. Hatte ich ihn nur, um überhaupt jemanden zu haben? Mag sein. Seine Liebeskünste waren es sicher nicht, die mich angezogen haben.

Allerdings sollte ich mir Gedanken darüber machen, warum ich das immer wieder mache. Ich bin eine Serien-Beziehungs-Versagerin. Ich investiere Zeit und auch Gefühle – und dann nichts.

Nein, ich werde jetzt nicht traurig. Es ist nicht schlimm, Single zu sein. Es gibt sogar Hunderte gute Gründe, Single zu bleiben.

Man kann die ganze Nacht schnarchen – und niemand beschwert sich am nächsten Morgen oder macht Witze übers Baumsägen.

Niemand kommt einem im Badezimmer in die Quere. Man kann so lange duschen, wie man will.

Man hat die alleinige Kontrolle über die Fernbedienung – Trash-TV, Liebeskomödien oder die komplette Staffel einer Serie? Einfach anschauen, ohne Diskussionen oder genervtes Augenrollen.

Und das Beste? Ich kann kochen, worauf ich Lust habe. Oder einfach gar nicht kochen und Waffeln essen – oder Pizza. Liebe ich.

Und wenn ich will, kann ich in der Nase bohren, ohne dass mich jemand deswegen schief anschaut.

Ach ja, und dann wären da noch solche Tage wie der Valentinstag – während Paare sich abmühen, das perfekte Geschenk oder Date zu finden, kann ich mich entspannt zurücklehnen und Popcorn essen.

Ich setze mich auf und nippe an meinem Weinglas. Noch einmal tief durchatmen. Ja, alles halb so wild.

Nicht wieder heulen, Bianca. Schluss damit.

Anscheinend gibt es keine gescheiten Männer.

Mein Handy macht *Pling*. Richard schreibt mir. Mein Chef aus der Agentur. Der hat mir gerade noch gefehlt.

Er ist … na ja, eigentlich mag ich ihn, aber sobald ein Termin ansteht, mutiert er zum Kontrollfreak.

Für morgen ist alles erledigt?

Ich rolle mit den Augen und schicke ihm eine knappe Antwort.

Alles in deinem Projektordner.

Himmel! Manchmal frage ich mich, warum ich mir das noch antue. Ich könnte mich doch einfach selbstständig machen. Kein nerviger Chef mehr, keine endlosen Korrekturschleifen … nur ich, mein Laptop und das Wissen, dass ich nie wieder den Satz hören muss: »Vielleicht doch eher dieses Blau?«

Wieder kommt eine Nachricht, von Helen, meiner besten Freundin, eine Sprachnachricht. Ich drücke auf Play.

»Hallo, naaa! Alles gut bei dir? Schau dir heute Abend unbedingt die neue Folge von *Temptation Island* an! Du wirst es nicht glauben, was der Kerl da treibt. Unfassbar! Red Flag. Und ich hoffe, du bist nicht zu traurig. Ich mach mir Gedanken um dich. Hab dich lieb!«

Ich grinse und tippe zurück:

Hab dich auch lieb. Wird schon. Ich betrinke mich auf dem Sofa und starte gleich mal. Und Red Flag? Sind das nicht alle Männer?

Trash-TV ist unser Ding. Wir lieben es, uns über die Reality-Stars aufzuregen. Perfekte Ablenkung an einem Tag wie heute.

Oma hat das auch gern gesehen. Wir haben sogar oft gemeinsam geschaut.

Oma …

Ich schlucke, und mein Blick wandert zu den Bildern im Regal. In gut eineinhalb Wochen wäre ihr dreiundachtzigster Geburtstag gewesen.

Mein liebstes Bild zeigt Oma und mich, lachend. Sofort breitet sich dieses schöne, warme Gefühl in mir aus, das sie immer in mir ausgelöst hat. Mit ihrer Liebe, ihren Sprüchen und den vielen Ratschlägen. Und ich weiß, dass sie mich jetzt aufbauen würde. Vermutlich würde sie einfach das Herzilein-Lied singen. Bei dem Gedanken muss ich lächeln.

»Andere Mütter haben auch schöne Söhne, Bibi. Schöne Söhne, du verstehst?«

Ich lächle, nehme mit ihrer Stimme im Ohr mein Handy und öffne ihren Kontakt.

Oma …

Ich vermisse dich so sehr. Es war immer so schön mit dir. Weiß gar nicht, was ich ohne dich machen soll.

Seufzend schicke ich die Nachricht ab. Vielleicht erreicht sie sie ja auf einer mystischen Ebene.

Ich will das Handy weglegen, als es wieder *Pling!* macht.

Bestimmt Helen.

Nein, das ist … das kann doch nicht wahr sein.

Mein Herz zieht sich vor Schreck zusammen.

Eine Nachricht von … Oma?

Einige Momente bin ich wie erstarrt, verblüfft, geschockt … Dann schreie ich auf und fahre hoch. Das Weinglas kippt um. Der Inhalt landet auf dem Sofa. Toll.

Ich brauche einen Exorzisten und ein Hausmittel gegen Rotweinflecken.

Doch der Fleck muss warten. Ich starre auf das Profilbild. Dort ist ein sportlicher Typ mit breiter Brust und Sixpack zu sehen. Oma ist jetzt sexy … oder drehe ich jetzt einfach nur durch?

KAPITEL 2

KEIN KÜSSCHEN UNTER DIESER NUMMER!

»Lustig«, sagt Helen, während ich den verschütteten Wein wegputze.

Wie kann sie das nur witzig finden?

»Lustig? Wirklich? Hast du mir überhaupt zugehört?«

»Jaha, natürlich habe ich zugehört.«

Von wegen.

Ich setze mich wieder. »Ach wirklich? Dann erklär mir doch bitte mal, was daran lustig sein soll, dass mir meine tote Oma gerade eine *WhatsApp* geschrieben hat – und sich dabei in einen Typen mit Waschbrettbauch verwandelt hat!«

Okay, vielleicht bin ich gerade ein bisschen laut.

Helen räuspert sich. »Ach so ... das war kein Witz?«

Ich stöhne herzhaft. »Nein, Helen, das war kein Witz!«

Einatmen, ausatmen. Ein. Und aus.

Ich muss mich beruhigen, aber mein Herz rast. Was ist das bitte für ein Tag? Erst die Sache mit Jörg – und dann das hier?

Helen macht irgendein merkwürdiges Geräusch. »Also, okay, jetzt mal ganz ruhig. Deine Oma? Sie hat dir geschrieben? Und sie ist jetzt ... sexy?«

So kann man es sagen. Also in Kurzfassung.

»Ja, Helen. Ein sexy Typ mit dunklen Haaren und Sixpack. Das ist doch verrückt. Wie kann das sein?! Ich habe ihr eben geschrieben, wie sehr ich sie vermisse ... und dann das.«

»Okay, Bibi ... bist du sicher, dass es dir gut geht? Heute war ein mieser Tag, und die Sache mit Jörg tut mir leid. Auch wenn er ein Idiot war – und ich ehrlich gesagt froh bin, dass du ihn los bist. Weil du so viel lustiger, hübscher und toller bist, als er es verdient hat. Aber ... hast du vielleicht ein bisschen zu viel getrunken? Bist du nicht einfach nur in einen falschen Chat gerutscht?«

»Absolut nicht. Es ist definitiv der Chat mit Oma. Es ist ihre Nummer. Und ja, ich habe ein bisschen was getrunken, ein Glas, aber das hier ist keine Einbildung. Ich bin nicht betrunken! Pass auf.« Diese Sache hier braucht Beweise.

Ich schicke ihr einen Screenshot von der Nachricht.

»Da, schau selbst.«

»Okay, Moment.« Kurz ist es still.

»Okay … wow! Du hast recht. Er ist sexy.«

»Das ist nicht die Frage, Helen! Die Frage ist, wie das sein kann.«

»Wie kann was sein?«

»Dass er Omas Nummer hat. Plötzlich, wie von Zauberhand?«

»Hm, eigentlich geht das gar nicht. Wobei … es könnte sein, dass …«

Okay, jetzt bin ich gespannt.

»Die Nummer wurde bestimmt neu vergeben, Bibi. Das macht Sinn. Du hast geschrieben, und da hat sie sich vermutlich reaktiviert oder so?«

Ich blinzle auf mein Handy. »Meinst du?«

»Ja, natürlich. Nummern werden doch irgendwann wieder freigegeben. Das bedeutet, dieser Typ hat jetzt einfach die alte Nummer deiner Oma bekommen.«

»Na toll!«

»Ist irgendwie trotzdem lustig. Der fragt sich jetzt bestimmt auch, wer du bist. Vor allem nach der Nachricht. Noch besser ist die Antwort.«

Kopfschüttelnd lese ich sie noch einmal: *Oh, na da habe ich ja einen bleibenden Eindruck hinterlassen. Freut mich.*

Helen lacht.

»Das ist so überhaupt gar nicht witzig, Helen! Der sexy Kerl denkt jetzt, ich meine ihn. Und schau ihn dir mal an – sieht aus wie so ein typischer Aufreißer-Typ. Da freut sich das Männer-Ego. So eine selbstgefällige Nachricht. Ich hab gerade eh die Nase voll von Männern. Und jetzt auch noch so was! Guck mal, wie er sich da präsentiert. Das sagt doch alles, oder?!«

Pling!

Mein Handy vibriert erneut, und ich zucke zusammen.

»Da kam schon wieder eine Nachricht«, sage ich.

»Aus dem Jenseits?«

Ich seufze. »Ja.«

»Jetzt lies schon vor.«

»Es ist nur ein Fragezeichen.«

Helen kichert. »Also … jetzt ist es aber lustig.«

»Ja, ich lach mich tot. Wirklich.«

Helen seufzt. »Schreib ihm doch einfach, dass es ein Versehen war. Ist doch nichts dabei.«

Ich kaue auf meiner Unterlippe. »Mmm! Bevor er sich hier noch irgendwas einbildet. Hast schon recht.« Ich starre weiter auf das Fragezeichen. »Nein, Helen«, sage ich dann. »Oma hat es echt nicht verdient, dass so ein … Kerl ihre Nummer benutzt.«

»Ich glaube ja, dass deine Oma sich köstlich darüber amüsieren würde. Und bisher weißt du nichts über ihn, außer dass er heiß ist.«

»Und das sagt alles.«

»Findest du nicht trotzdem, dass es irgendwie ein lustiger Zufall ist? Erst die Sache mit Jörg – und dann das? Vielleicht ist er ja eine Art Ablenkung, die dir deine Oma aus dem Jenseits geschickt hat.«

»Was? Na, du hast Ideen! Willst du mir jetzt ernsthaft erzählen, dass meine tote Oma mir einen Sixpack-Engel aus dem Himmel geschickt hat?«

Helen lacht auf. »Ich sag nur, Zufälle gibt's! Und es würde zu ihr passen.«

Mmmm! Irgendwie schon. Trotzdem …

»So ein Quatsch!«, sage ich.

»Wenn du meinst. Was schreibst du ihm denn jetzt?«

»Keine Ahnung. Vermutlich lieber gar nichts.«

Ich starre noch immer auf das Fragezeichen.

»Aber wenn du was schreiben würdest …?«

Ich zögere. Dann, ohne weiter darüber nachzudenken, fange ich an zu tippen.

Helen ahnt wohl etwas. »Was tust du? Schreibst du zurück?«

»Ja, ich schreibe ihm!«

»Und was?!«

»Weiß ich noch nicht. Warte …«

Wieder macht es *Pling!*

Schade. Dann war das Vermissen ja wohl nicht so groß. Küsschen.

Ich reiße die Augen auf. »Küsschen?«, rufe ich. »Von wegen Küsschen.« Ich lese Helen die Nachricht vor.

Sie prustet los. »Im Ernst? Küsschen? Er ist neugierig. Jetzt schreib doch was.«

»Okay, was hältst du davon? *Sorry. War ein Versehen. Kein Küsschen unter dieser Nummer!*«

»Das ist gut, mach das!«

Ich schicke die Nachricht weg. »So, erledigt.«

»*Kein Küsschen unter dieser Nummer* – großartig«, sagt Helen. »So, und jetzt schauen wir Temptation?«

»Jap. Nach den Aufregungen dieses Tages will ich dringend abschalten.«

Die Situation ist komplett absurd, und ich muss mich ablenken.

Wir legen auf, und ich lehne mich zurück, schnappe mir mein Weinglas, gieße mir noch ein Glas ein und nehme einen tiefen Schluck.

Während der Fernseher läuft, schiele ich auf mein Handy – blaue Haken sind da, er hat die Nachricht gelesen, schreibt aber nicht zurück. Na gut, auch okay. Ich habe die Sache ja auch im Keim erstickt. Also was soll's? Und nein, er wurde mir sicher nicht von Oma geschickt. Völliger Unsinn …

KAPITEL 3

JA, WOHIN DENN NUN?

Unsinn.

Genau davon brauche ich jetzt mehr. Guten Unsinn.

Die Folge ist … ziemlich fies. Irgendwann schreiben Helen und ich uns wieder hin und her. Wir kommentieren empört die dramatischen Szenen, regen uns über die Männer auf.

Helen: *DER ist doch ein Red-Flag-Festival!*

Ich stimme zu, lache und schicke ein Augenroll-Emoji.

So geht das, bis die Sendung vorbei ist.

Also dann, schlaf gut, schreibt Helen.

Gute Nacht, schicke ich zurück.

Der Tag war wirklich aufreibend, und ich will nichts als ins Bett. Eine *gute Nacht* kann ich gut gebrauchen.

Als ich schließlich in den kuscheligen Decken liege, lasse ich den Tag noch mal Revue passieren.

Ja, die Sache mit Jörg hat mich schon ziemlich getroffen. Aber es ist, wie es ist. Morgen ist ein neuer Tag und …

Pling!

Noch eine Nachricht von Helen?

Oder etwa …

»Oma« hat wieder geschrieben.

Kein Küsschen unter dieser Nummer? Dabei dachte ich, du vermisst mich … schade.

Okay. Irgendwie muss ich jetzt doch schmunzeln.

Ich tippe zurück. *Ja, das war nur ein kurzer Anflug. Hab mich wieder gefangen.*

Er tippt etwas … Oma tippt was …

Aaah, ich dreh durch!

Also bekomme ich nicht mehr als einen kurzen emotionalen Moment? Ich bin verletzt.

Ich lache leise.

So sieht's aus. Aber du verkraftest das schon. Du siehst ja groß und stark aus …

Wieder tippt er … Unglaublich.

Ziemlich sexy. Und groß. Und stark …

Was zum …?

Der ist ja ziemlich von sich überzeugt. Ich weiß genau, wie dieser Kerl tickt. Der flirtet viel und gerne und hat sicher einen enormen Frauenverschleiß.

Aber der Unterhaltungsfaktor ist bei solchen Typen auch groß.

Irgendwie … oder bin ich vom Wein benebelt?

Meine Finger tippen zögernd eine Antwort: *Du wirst darüber hinwegkommen.*

Prompt kommt seine Antwort: *Nur wenn du mir hilfst.*

Oh!

Und wie genau stellst du dir das vor?

Hmm … du könntest mir einen Gute-Nacht-Kuss schicken.

Ha! Ich hatte recht. Sofort im Flirtmodus.

Tut mir leid. Wie gesagt: Kein Küsschen unter dieser Nummer. Ich küsse doch keine Fremden. Für was für eine Frau hältst du mich …

Fremder? Du *hast mir doch geschrieben, dass du mich vermisst. Also so fremd können wir ja nicht sein …*

Ich beiße mir auf die Unterlippe.

Was mache ich hier?!

Andererseits … Er ist schon heiß. Und … ich bin Single. Seit heute wieder ganz offiziell.

Warum soll ich nicht ein bisschen flirten?

Du nutzt das schamlos aus, was? Die Nachricht war einfach nur falsch verschickt, tut mir leid …

Das trifft mich jetzt echt ins Herz. Trauriger Smiley

Ich rolle mit den Augen.

Ins Herz? Und ich dachte, Sixpack-Typen haben keins. Lachender Smiley

Ha! Das war gut!

Bitte? Das ist ein Gerücht. Ich kann dir mein Herz gerne zeigen … oder einen anderen gut trainierten Muskel.

Sein Ernst?!

O wow, wir haben also direkt diese Art von Gespräch? Welchen Muskel meinst du denn …? Das ist übrigens kein Muskel.

Nicht? PS: Du hast angefangen.

Es ist ein Schwellkörper, der sich in bestimmten Situationen mit Blut füllt. Und ich hab gar nichts gemacht!

*Interessant! *lach* Bist du Ärztin? Außerdem … Wer hat mir eine herzergreifende Nachricht geschickt? Wer hat mich vermisst? Wer hat mir KEIN Küsschen gegeben, obwohl ich mich darauf gefreut habe? Und schreibt jetzt auch noch, dass ich gar nicht gemeint war? Ich finde, du schuldest mir dieses Küsschen …*

Mein Herz klopft ein bisschen schneller, als es sollte.

Mein Finger schwebt über der Tastatur.

Was tue ich hier?

Ich schicke ein Smiley mit hochgezogener Augenbraue.

Und dann tippe ich: *Wohin willst du es denn?*

Er antwortet sofort. *Oh, ich darf es mir aussuchen? Das gefällt mir.*

Ich schlucke. *Und?*

Wohin willst du mich denn küssen?

Ich sollte jetzt schlafen gehen.

Ich sollte nicht mehr antworten.

Ich sollte …

Dein Bauch ist schon sexy … so auf dem Profilbild.

Ach ja, findest du?

Als ob du das nicht wüsstest…

Also küsst du mich dort? Und wohin soll ich dich küssen …? Wobei, ich wüsste ja schon wohin …

Aaah! Was passiert hier gerade?

Ich presse mein Handy an meine Brust.

Was zur Hölle mache ich da? Ich sollte nicht …

Aber dann tue ich es doch. Ich starre auf den Bildschirm. Mein Daumen schwebt über dem Senden-Button. Soll ich wirklich? Was, wenn er nicht antwortet? Was, wenn er doch antwortet?

Bevor ich mich selbst davon abhalten kann, drücke ich auf *Senden.* Jetzt gibt es kein Zurück mehr.

Erst auf meine Lippen. Und wohin willst du mich küssen …?

Pling!

Du willst also wissen, wohin ich dich gerne küssen würde?

Ja … wohin denn?

Nun, ich bin sicher, du hast auch einen sexy Körper. Das sehe ich schon an deinem Bild … und genau diesen würde ich überall küssen …

Oh.

Mein.

Gott.

Was geht denn hier ab?!

Ich lege mich hin und ziehe mir die Decke über den Kopf. Aber mein Herz pocht.

Und dann schreibe ich wieder.

Und wieder.

Und ja … vermutlich ist das hier gerade echt verrückt.

Und morgen?

Morgen werde ich mich garantiert schämen.

Aber heute …

Heute lasse ich es einfach passieren.

KAPITEL 4

EIN GESCHENK DES HIMMELS?

Hilfe. Hilfe. Ich habe mit einem Typen geflirtet, in Omas Chat.

Das ist der erste Gedanke beim Aufwachen. Ich taste nach meinem Handy.

O Mann! Verschlafen habe ich auch noch. Ich blinzele gegen das grelle Licht. Mein Kopf fühlt sich leicht benebelt an – nicht schlimm, doch so, als hätte ich gestern Abend vielleicht ein Glas Wein zu viel getrunken. Habe ich aber nicht.

Warum bin ich dann so erschlagen?

Hüstel.

Nun vielleicht, weil du gechattet hast … zu lange.

Ich lege mich auf die Seite und klicke auf den Chat von gestern. Da sind noch drei ungelesene

Nachrichten – und die Realität schlägt mir mit voller Wucht ins Gesicht.

Mein Herz setzt für einen Moment aus. Ich setze mich abrupt im Bett auf, mein Puls rast.

O Gott. Das ist nicht nur flirten.

Nein. Nein. Nein. Das kann nicht wahr sein. So versaut war das?

Ähm, ja, Bibi.

Ich scrolle durch den Chatverlauf.

Jede. Einzelne. Nachricht.

Mein Blick bleibt an den letzten Worten hängen.

Gerne wieder … war echt heiß …

O Gott!

Ich atme.

Ich starre.

Warum bin ich dabei so abgegangen? Ich wusste doch genau, dass ich mich am nächsten Morgen dafür schämen würde. Obwohl – wissen ist übertrieben. Ich habe nicht mehr klar gedacht. Offensichtlich.

Mir wird heiß.

Wie ist das bitte passiert?

Ich überfliege den Chat noch einmal.

… sexy Körper … und genau diesen würde ich überall küssen …

Spürst du es …? O ja, das gefällt mir.

Erst auf meine Lippen …

Mist!

Ich lasse mich nach hinten ins Kissen fallen, schlage die Hände vors Gesicht und stöhne.

Das war ich. Ich …

Ich habe das geschrieben.

Ich habe mit einem wildfremden Typen hemmungslos geflirtet.

Nein, nicht geflirtet. Das waren heiße Sexnachrichten. Ich hatte Chat-Sex. Mit jemandem, der Omas Nummer hat.

Ruhig bleiben, Bibi.

Oma hat damit nichts zu tun.

Aber dieser Typ, der jetzt ihre Nummer hat.

DIE NUMMER VON OMA!

Ich muss Helen anrufen. Sofort.

Und ich brauche Kaffee. Ich brauche … ach, keine Ahnung, eine Zeitmaschine? Will ich das denn rückgängig machen?

Ich schnappe mir mein Handy, wähle Helens Nummer und warte.

Es tutet einmal.

Dann hebt sie ab.

»Bibi! Guten Morgen, mein Schatz! Alles gut? Was los?«

Ich stöhne. »Helen. Ich ... nein, ich ... ich habe Mist gebaut.«

»Mist gebaut? Jetzt schon? Es ist erst halb acht. Was ist denn passiert?«

Ich seufze. »Helen. Ich ... ich habe gestern einen sexy Talk gehabt ... mit diesem Oma-Typen.«

Es herrscht eine Sekunde absolute Stille.

Dann lacht Helen so laut los, dass ich das Handy weiter weg halten muss.

»Was?! Mit dem Oma-Typen?! Wie das denn?«

»Es hat sich so ergeben.«

Helen japst. »Bibi, Bibi ... du hattest also echt Sex mit dem Oma-Typen?«

Ich stöhne und drücke das Kopfkissen auf mein Gesicht. »Ahhh, ja.«

Helen kichert. »Und, wie war's? War er gut?!«

Ich ziehe das Kissen von meinem Gesicht. »Das ist immer noch nicht witzig! Ich habe ihm geschrieben, wohin ich ihn küssen würde, und ... die Sache ist komplett ausgeartet.«

»Wow! Klingt wirklich heiß. Respekt. Da hat Oma ganze Arbeit geleistet.«

»Helen!«

»Indem sie ihn dir geschickt hat. Es muss so sein. Nimm es hin und genieße es.«

Ich stehe auf, gehe in die Küche und setze Kaffee auf. Der ist bestimmt hilfreicher als Helen.

»Nein, ich hätte das nicht machen sollen.«

»Hast du aber ... und du hattest wohl Spaß.«

»Nur ein bisschen.«

»Na, dann passt es doch. Und mal ehrlich, hat doch auch gutgetan, oder? Blöder Jörg! Du kannst genauso Spaß haben.«

»Ja, ein wenig. Ich dachte halt plötzlich: Was soll's, er ist sexy. Jörg ist ein Idiot. Warum eigentlich nicht ein bisschen Spaß haben?«

Ich gieße mir eine Tasse Kaffee ein und setze mich damit ins Wohnzimmer aufs Sofa.

Helen lacht. »Und dann hast du einfach so angefangen, virtuelle Küsse zu verteilen. Super! Bibi, ich bin stolz auf dich. Das ist doch großartig.«

»Großartig ist das falsche Wort.«

»Okay. Aber ...«

Was kommt jetzt?

»... das ist doch irgendwie Schicksal. Er könnte doch wirklich ein Geschenk sein.«

Ein Geschenk?

Mann, Oma ... was hast du mir da eingebrockt?

Ich betrachte das Bild von uns beiden im Regal.

Oma, Oma ... also wirklich.

Ich seufze. »Mhm. Also ist es nicht so schlimm? Halb so wild?«

»Ja, Bibi. Du hast dich gestern von Jörg getrennt, und dann rutscht dir dieser heiße Typ in den Chat und flirtet dich völlig ungeniert an. Das ist nicht wild, sondern WILD, großartig. Ein Geschenk des Himmels. Oder eben von deiner Oma. Und jetzt hör auf, so dramatisch zu tun. Es war genau das, was du gebraucht hast.«

Ich brumme: »Oder vielleicht bin ich jetzt einfach nur offiziell irre. Weil ich einem Fremden solche Nachrichten schreibe – einem Aufreißer. Wer steigt sonst gleich auf so was ein?«

Helen lacht. »Du und er.«

»Helen!«

»Spaß. Aber kommen wir zur wichtigsten Frage.«

»Und die wäre?«

Ich kann fast hören, wie sie grinst.

»Wirst du ihm wieder schreiben?«

»Was?! Nein! Natürlich nicht! Das war ein einmaliger Ausrutscher!« Ich schaue auf mein Handy. Auf seine letzte Nachricht … »O Gott, Helen, er schreibt gerade was.« Mir bleibt die Luft weg.

»Gut. Dann erübrigt sich zumindest die Frage, ob du zuerst schreiben sollst.«

Pling!

Mit klopfendem Herzen lese ich.

Guten Morgen. Hast du gut geschlafen? Ich auf jeden Fall …

Mein Kopf explodiert.

Helen lacht sich tot, als ich ihr die Nachricht vorlese.

Vor lauter Schreck beende ich aus Versehen den Anruf.

Und dann starre ich auf das Handy.

Was jetzt?

Ich sollte ihn löschen.

Blockieren.

Aber nein. Das kann ich nicht.

Mit einem Stöhnen lasse ich mich nach hinten fallen. Ich muss mich ablenken. Durchatmen. Irgendetwas anderes tun.

Ja. Genau das muss ich jetzt machen.

KAPITEL 5

IST »OMA« EIN CODENAME?

Omas Nummer wurde jetzt also von einem sexy Playboy gekapert?

Mit dem ich mehr oder weniger Sex hatte.

Die Absurdität der ganzen Situation bringt mich nun doch zum Lachen.

Während ich mir einen Kaffee nachschenke, nehme ich mein Handy wieder in die Hand – um mich abzulenken. Dafür klicke ich auf meine Newsseite. Auf keinen Fall werde ich antworten. Nein, tue ich nicht.

Ich stoße auf eine Schlagzeile, die mich fast meinen ersten Schluck ausspucken lässt: *Krähen fahren jetzt regelmäßig in Münchens Zügen mit.*

Ich schüttle den Kopf.

Was für eine verrückte Welt … Was kommt als Nächstes?

Wenigstens habe ich heute frei. Für den Kunden, der heute ins Büro kommt, habe ich extra vorher alles vorbereitet. Den Rest erledigt Richard. Er sieht mich ohnehin nur als seine Zuarbeiterin.

Ich strecke mich. Heute werde ich … keine Ahnung, irgendetwas für mich tun.

Mal wieder Sport?

Hahaha! Bester Witz.

Obwohl. Sport wäre echt mal wieder eine gute Idee. Oder zumindest weniger Schokolade – oder weniger Waffeln.

Ich kneife mir in die Hüfte.

Sport würde dir echt nicht schaden, denke ich – und schiele gleichzeitig zum Kühlschrank.

Darin liegen die Waffeln, die ich mir gestern gekauft habe. Ich liebe Waffeln.

Lecker. Mit Apfelmus.

So lecker …

Trotzdem, ich lasse es lieber bleiben. Oder?

Von wegen. Wenig später sitze ich auf dem Sofa und verdrücke die Waffeln. Hat also gut geklappt.

Was soll's?! Man muss im Leben eben Prioritäten setzen. Und ich muss schließlich diesen

Schock verdauen. Dafür brauche ich Glückshormone.

So ist das.

Da mein Kopf noch ein bisschen pocht, will ich meinen Körper auch nicht gleich überfordern. Mit Sport. Und unkeuschen Gedanken … ich schiebe sie aus dem Kopf und konzentriere mich auf den Kaffee, der perfekt zur Waffel passt.

Perfekt. Alles wird gut …

Pling!

Ich verschlucke mich fast.

Er schon wieder?

Nein. Es ist Richard. *Sind Sie wach?*

Ehe ich reagieren kann, klingelt mein Handy schon.

Ich verdrehe die Augen. Was will der denn jetzt?

Panikattacke? Klar, heute ist doch der wichtige Termin …

Ich schlucke schnell den letzten Rest der Waffel runter und gehe ran.

»Herzig«, sage ich, und sofort geht es los.

»Sie sind wach, zum Glück. Sie müssen kommen, Bianca! Sofort! Irgendwas stimmt da mit der Grafik nicht. Der Kunde – ich drehe durch! Kommen Sie!«

»Was stimmt denn nicht?«, frage ich.

»Die Farbe … die Grafik ist grün!«

»Äh, sie sollte doch grün sein.«

»Nein, eben nicht. Jetzt machen Sie sich schon auf den Weg. Die Besprechung ist in einer Stunde!«

Ich mache unflätige Gesten, die er natürlich nicht sehen kann.

»Gut, ich bin auf dem Weg«, sage ich und lege auf.

***

Himmel, geht mir das heute alles auf den Zeiger.

Ich habe Glück, denn die U-Bahn fährt gerade ein, als ich am Bahnsteig ankomme. Nach zwei Stationen steige ich aus.

Auf der Rolltreppe gehe ich links an allen vorbei und eile oben weiter zu dem Gebäude, in dem sich die Büros von *Impuls Design* befinden, der Firma, für die ich arbeite.

Die Sonne strahlt, und ich liebe es, dass es Frühling wird. Die frische Luft tut gut bei all dem Chaos.

Apropos Chaos.

Die Agentur befindet sich im ersten Stock, und als ich dort ankomme, wartet Richard schon auf mich. Sein Gesicht hat die Farbe einer überreifen Tomate.

»Na endlich, schauen Sie sich das mal an«, sagt er, und ich folge ihm zu seinem Schreibtisch. Hektisch deutet er auf den Bildschirm. »Grün«, ruft er, als wäre es ein Schimpfwort.

»Ja, wie es sein sollte.«

»Nein, die Grafik sollte rot sein«, beharrt er.

Ich nicke, auch wenn ich mich genau erinnere, dass im Briefing stand, dass sie grün sein soll.

Aber gut.

»Wird erledigt. Sind nur ein paar Klicks. Keine Sorge.« Ich beruhige ihn, weil alles andere keinen Sinn macht. Dafür kenne ich ihn zu gut.

»Schicken Sie gleich alles rüber«, sagt er.

Ich nicke wieder und mache mich auf den Weg zu meinem Arbeitsplatz im Großraumbüro, packe den Laptop aus, den ich immer bei mir habe, rufe die Dateien auf und schaue mir alles noch mal an. Eigentlich hätte ich das locker von zu Hause aus machen können, aber ich kenne Richard ja in seinen Panikphasen.

Grün. Da steht es doch schwarz auf weiß.

Aber was soll's? Hilft ja nichts, wenn er es jetzt rot haben will.

Ich ändere die Farbe und seufze.

»Kaffee?« Meine Kollegin Rita steht mit einer Tasse Kaffee in der Hand neben mir und lächelt.

»Danke, wie lieb von dir. Ich kriege zwar heute vermutlich noch einen Koffeinschock, aber danke.« Hastig nehme ich gleich einen Schluck.

»Er ist mal wieder völlig in seinem Film«, sagt Rita und rollt mit den Augen.

»Das kannst du laut sagen. Ich mache das mal eben fertig, dann können wir lästern.«

»Juhuuu. So machen wir es.« Sie geht zu ihrem Schreibtisch, der meinem schräg gegenüber steht.

Gerade, als ich fertig bin, alles versendet und auch noch in den Ordner verschoben habe, blinkt mein Handy.

Eine neue Nachricht.

Ich schiele aufs Display, und mein Herz schlägt plötzlich wieder schneller.

Sie ist von ihm. Es sind Smileys, sehr eindeutige …

Hastig greife ich nach dem Handy, weil ich Angst habe, dass jemand die Nachricht sehen könnte – und stoße dabei prompt den Kaffee um, der nun über den Schreibtisch läuft und auch meinen Laptop erwischt.

Verflixt!

»Nein!«

»Was ist passiert?« Rita schaut zu mir.

»Ich brauche ein Tuch, schnell! Ich habe den Kaffee verschüttet … O nein.«

Rita eilt los, während ich den Laptop hochhebe.

Als sie mit Tüchern zurückkommt, tupfe ich erst den Laptop ab, stelle ihn auf die Seite, und dann wischen wir den Tisch.

»So ein Mist!«, murmle ich. Mein Puls rast.

»Was ist denn hier los?« Richard steht plötzlich hinter mir.

»Ja, tut mir leid«, murmele ich. »Hab Kaffee verschüttet.«

In diesem Moment geht die Tür auf, Stimmen dringen durch die Agentur.

»Der Kunde ist da«, zischt Richard. »Los, machen Sie das weg!« Er wendet sich ab und setzt sein strahlendes Gesicht auf, das nur Kunden vorbehalten zu sein scheint.

Rita grinst mich an. »Oh, Bibilein, hast du einen Verehrer?«

»Was?«

O Mist! Mein Handy.

Es liegt da auf dem Schreibtisch – und es leuchtet, weil eine weitere Nachricht von »Oma« gekommen ist, gut sichtbar in der Vorschau.

Ich kann nicht aufhören, an deinen letzten Satz von gestern zu denken. So heiß …

Für einen Moment steht die Zeit still.

Mein Herz setzt einen Schlag aus, dann rast es los.

Oh. Mein. Gott.

Ich starre auf den Bildschirm.

Mein Magen zieht sich zusammen, während sich gleichzeitig ein Kribbeln in meiner Brust ausbreitet.

Vorsichtig nehme ich das Handy, als hätte es sich in eine tickende Zeitbombe verwandelt.

Rita beugt sich neugierig näher. »*Oma*? Ist das ein Codewort? Der Typ sieht nicht aus wie eine Oma.«

Ich zucke zusammen.

»Was? Nein, das …« Mist, Mist, Mist.

Meine Wangen glühen. Wie peinlich!

»Oh, tut mir leid«, sagt Rita, der meine Reaktion offensichtlich nicht entgangen ist. »Geht mich nichts an. Ich wollte nicht schnüffeln.«

»Schon gut«, sage ich und drehe mich hastig weg.

Ich kann das später lesen. Ganz ruhig. Durchatmen.

»Der ist wohl hinüber«, sagt Rita.

»Was?« Ich folge ihrem Blick. »Shit! Mein Laptop. Der Bildschirm flimmert.«

»Bring ihn besser gleich zum Laptopdoktor«, schlägt Rita vor.

Ich nicke langsam. »Bleibt mir wohl nichts anderes übrig.«

Außerdem ist das ein guter Grund, hier schnell wegzukommen.

KAPITEL 6

SCHLUSS JETZT!

Ich kann nicht aufhören, an deinen letzten Satz von gestern zu denken. So heiß …

O Mann!

Ich starre auf die Nachricht, lese sie immer und immer wieder.

In was hab ich mich da hineinmanövriert?

Ich rutsche tiefer in den Sitz der U-Bahn und halte mein Handy so, dass niemand mitlesen kann. Als ob es überhaupt jemanden interessieren würde – aber trotzdem.

Was? Soll? Das?

Warum flirtet er so hemmungslos weiter?

Gestern Abend hatte ich Wein getrunken, er vielleicht auch, oder Bier … Aber jetzt ist heute. Der Kopf ist wieder klar.

Schluss damit!

Die U-Bahn rauscht, und mein Kopf ebenfalls.

Was mache ich jetzt? Wie um alles in der Welt komme ich da wieder raus?

Ich stöhne leise, und die ältere Dame neben mir schaut mich stirnrunzelnd an.

Schulterzuckend wende ich mich ab und grüble weiter.

Nicht nur, dass ich mich gestern auf diese flirtige Unterhaltung eingelassen habe – nein, ich musste natürlich auch noch immer wieder einen obendraufsetzen und ihm unbedingt erzählen, worauf ich so stehe. Etwas, das ich sonst nie tun würde.

Das ist mehr als peinlich.

Und jetzt glaubt er … ja, was glaubt er jetzt?

Dass ich das fortsetzen will? Dass ich jetzt ständig mit ihm schreibe?

Fragt er sich eigentlich nicht, an wen ich die Nachricht ursprünglich senden wollte?

»Verrückt!«, murmele ich.

Diesmal rückt die Frau neben mir ein Stück weg.

Toll! Ich bin die Irre in der U-Bahn, die Selbstgespräche führt.

Peinliche Chats?

Check!

Selbstgespräche in der U-Bahn?

Check!

Schuld ist dieser Aufreißer. Vermutlich hält er sich für so attraktiv, dass er wirklich denkt, ich wache morgens mit verklärtem Blick auf, starre sein sexy Profilbild an und denke mir, dass er genau das ist, was ich brauche.

»Pfff!«

Okay, jetzt benehme ich mich wirklich peinlich.

Ich presse die Lippen zusammen.

Genug jetzt! Ich muss das sofort beenden.

Codename *Oma*. Na klar!

Hätte ich ihm nur nicht geantwortet.

Ich hätte ihn ignorieren sollen – besser noch blockieren.

Blockieren …

Oma blockieren?

Nein, das geht nicht.

Ich meine … die Nummer ist die von Oma.

Codename *Oma*.

Ich bin so peinlich.

Als wäre ich eine Kandidatin in einer Dating-Show, die kurz davor steht, sich in den Bad Boy zu verlieben – obwohl sie genau weiß, dass er ein Problem ist.

Das Ganze muss aufhören. Ich muss das klarstellen.

Die U-Bahn hält. Das ist meine Station. Vermutlich atmen alle auf, wenn die Irre verschwunden ist.

Doch bevor ich mich auf den Weg zur Rolltreppe mache, setze ich mich auf die Bank zwischen den Gleisen.

Okay. Jetzt oder nie. Der Kerl braucht eine Lektion, denn so heiß ist er auch wieder nicht.

Ich beiße mir auf die Unterlippe, atme tief durch und tippe eine Antwort:

Ja, es war heiß, aber …

Nein.

Moment.

Das geht nicht.

Anders.

Ich habe gut geschlafen, danke. Hoffe, du auch …

Ist das zu nett?

Aaah!

Ich will jetzt aber auch nicht zu merkwürdig sein. Ob er sein Handy auf die Weise anschauen würde wie die Frau in der Bahn mich eben gerade?

Egal.

Also noch mal.

Ja, danke, hoffe du auch. Aber das gestern war einmalig. Also schreib mir bitte nicht mehr. Habe eben deinetwegen meinen Kaffee verschüttet und meinen Laptop fast ins Jenseits befördert.

Ich schicke die Nachricht weg. Das war doch jetzt klar und deutlich, oder?

Er schreibt.

Ich bleibe sitzen und warte.

Pling!

Moment. Ich kann nichts dafür, dass du dich so leicht aus der Fassung bringen lässt. Ich wusste nicht, dass meine Nachrichten so eine … explosive Wirkung auf dich haben. Lachender Smiley

Ich seufze. Anscheinend muss ich deutlicher werden.

Pass auf. Das war ein einmaliger, hormonell bedingter Blackout. Ich habe eine Trennung hinter mir, bisschen Wein, die Schwerkraft – und andere unerklärliche Dinge, die mich temporär verwirrt haben. Aber keine Sorge, ich bin jetzt wieder völlig klar im Kopf.

Ich sollte aufstehen, ich muss den Laptop retten, aber er schreibt schon wieder.

Klar im Kopf? Hm. Ich bin mir nicht sicher. Vielleicht sollten wir das testen.

Okay, muss ich wirklich noch deutlich werden?

Nein, nein. Es gibt nichts zu testen! Das war ein Ausrutscher. Ein kleiner, unbedeutender, in die Dunkelheit der Nacht verschwundener Ausrutscher. Vergessen wir es einfach.

Lachender Smiley *Ein unbedeutender Ausrutscher? Interessant. Und doch liest du meine Nachrichten anscheinend noch … und wir schreiben gerade, oder?*

Ich seufze.

Weil ich das klarstellen wollte. Und weil ich kurzzeitig dachte, ich hätte den Verstand verloren.

Und zu welchem Ergebnis bist du gekommen?

Dass ich nie wieder mit dir schreiben sollte. Eigentlich sollte ich dich blockieren. Aber das geht nicht … aus Gründen. Trotzdem: Ich weiß, was du für ein Kerl bist …

Aha, und warum geht Blockieren nicht? Wäre aber auch schade. Wir haben so viel über uns gelernt … unsere geheimen Vorlieben … Ich dachte, das gefällt dir? Stattdessen schreibst du, du wüsstest, was ich für ein Kerl bin. So schlimm?

O Gott!!!!

Diese Telefonnummer bedeutet mir etwas. Die erste Nachricht war nicht für dich gedacht! Sagte ich ja schon. Du bist ein Kerl, der denkt, dass er alles kriegt, was er will. Sorry!

Er schickt drei lachende Smileys.

Okay, an wen war sie denn? Wen vermisst du so?

Bevor ich antworten kann, schreibt er schon wieder.

Oooh. Warte, Moment ... war die Nachricht etwa für deinen Ex? Du hast was von Trennung geschrieben.

Nein! Um Himmels willen, nein! Der ist bescheuert ...

Okay, Schluss jetzt, Bibi. Ich will das Handy einstecken ...

Pling!

Dann für einen anderen Mann? Jemanden, den du beeindrucken wolltest? Oder bei dem du deinen hormonellen Irgendwas ausleben wolltest? Jemand, mit dem du dich trösten wolltest?

Ich stöhne.

Nein, so eine bin ich nicht. Sie war für ... egal. Thema beendet!

Jetzt bin ich aber neugierig. Denn wie bist du auf meine Nummer gekommen? Zahlendreher?

Ich starre auf das Display. Was soll ich darauf antworten?

Dass die Nachricht an Oma war?

Pling!

Los, erzähl, um wen geht es??

Ich seufze. Ist jetzt auch schon egal.

Sie war an meine tote Oma. Deren Nummer du jetzt hast. Leider! Zufrieden?

Er schickt erst Fragezeichen, dann …

An deine Oma? Ernsthaft?

Ich brauche eine Weile, bis ich wieder tippe.

Ja.

Ich sitze da, atme tief durch, als die nächste Nachricht kommt.

HAHAHAHAHAHAHAHAHAHAHAHAHA-HAHAHAHAHAHAHAHAHAHAHAHAHA!!!

Du hattest also gestern sexy Talk in einem Chat, der Oma *heißt?*

So ein Idiot! Lacht er mich wirklich aus? Mir reicht es. Ich war nett, oder? Aber nun ist es genug.

Sehr witzig, so, und jetzt ist Schluss. Also kein Küsschen mehr unter dieser Nummer, hörst du?

Wieder ein lachender Smiley.

Das hast du schon mal gesagt … hat ja nicht geklappt …

Ich packe das Handy endgültig weg, stehe auf und gehe zur Rolltreppe nach oben.

KAPITEL 7

ICH WERDE NICHT ZURÜCKSCHREIBEN!

»Na, dann schauen wir uns das mal an. Was ist denn da passiert? Bürounfall?« Der Typ inspiziert meinen Laptop skeptisch.

»Ja, er hat versucht, sich in Kaffee zu ertränken. Ich hoffe, man kann ihn wiederbeleben?«

»Kaffee? Ja, beliebte Methode. Aber das kriegen wir schon wieder hin. Sollen wir die Daten sichern?«

Was für eine dumme Frage.

»Das wäre sinnvoll«, antworte ich.

»Sie haben nicht mehr versucht, ihn anzuschalten?«

»Nope, ich weiß, das soll man nicht. Hab ihn einfach zugeklappt.«

»Ah, eine Expertin.«

»Missgeschickerfahren würde ich es eher nennen.«

In vielerlei Hinsicht, setze ich gedanklich hinzu.

»Gut, den Fragebogen haben Sie ausgefüllt. Wir melden uns dann morgen.«

»Super«, erwidere ich und verlasse schließlich den Laden.

Pling!

Nein, ich werde das Handy nicht anfassen. Auf keinen Fall.

Auf dem Weg nach Hause bleibt das Handy in meiner Tasche. In der U-Bahn, als ich sie verlasse, als ich in die Straße einbiege, in der ich wohne …

Es wird nicht beachtet.

Nein.

Ich werde nicht nachsehen, was er geschrieben hat.

Pling!

Ich ignoriere es.

Pling!

Ich stelle den Ton aus.

Brumm.

Okay. Das wird langsam schwer.

Ich krame meinen Schlüssel aus der Tasche, ignoriere das Handy konsequent und sperre meine

Wohnungstür auf. Dann werfe ich Tasche samt Handy in die Ecke des Flurs.

Da bleibt es heute. Ganz sicher.

Was mache ich jetzt?

Erst mal aufs Sofa und tief durchatmen. Augen schließen. Einfach entspannen.

Nicht an ihn denken.

Aber … Was, wenn er etwas geschrieben hat, das ich nicht unbeantwortet lassen kann?

Das wäre doch … unhöflich.

Was, wenn …

Ich öffne die Augen.

Und bevor mein Hirn die Chance hat, vernünftig zu sein, springe ich auf, laufe in den Flur, ziehe mein Handy aus der Tasche und rufe den Chat auf.

O Mann, das ist das Beste, was mir je passiert ist.

Ich bin jetzt also der sexy Geist deiner Oma?! Ich kann nicht mehr. Komm schon, ist doch lustig …

Noch da? War nicht so gemeint, ich finde es süß.

Du vermisst sie wirklich, oder?

Mein Herz macht einen kleinen, unerwarteten Hüpfer. Diese Nachricht ist nett gewesen. Und ernsthafter als erwartet.

Ich beiße mir auf die Lippe.

Dann tippe ich.

Ja. Sehr.

Ich schicke die Nachricht ab und warte, aber vielleicht ist er jetzt nicht mehr am Handy.

Okay, ablenken. Was anderes machen.

Ich stehe also auf und hole den Staubsauger, ist echt mal wieder nötig.

Pling!

Dann hoffe ich, sie hatte Humor. Sonst würde sie mir jetzt sicher aus dem Jenseits eine Ohrfeige verpassen. Immerhin habe ich ja in ihrem Namen geschrieben.

Jetzt muss ich lächeln.

Ja, das würde sie wahrscheinlich. Und sie würde dir schreiben, dass du mich nicht in Versuchung führen sollst.

O Mann! Schon wieder so flirtig. Ich bin dermaßen unfähig.

In Versuchung führen? Hmmm. Also hab ich das doch getan?

Nein! Vergiss es! Das war einfach ein schwacher Moment.

Wegen deines Ex? Mach dir keinen Kopf, ich schweige. Also … wo genau wolltest du mich noch küssen?

Ganz kurz dachte ich, er wäre vielleicht doch nett.

Pfff.

Ich muss ihn blockieren.

Ich muss.

Aber stattdessen tippe ich.

Du bist unmöglich! Genau so, wie dein Profilbild es vermuten lässt. Das sagt echt alles!

In dem Moment brummt es, aber diesmal ist es eine Nachricht aus unserer Mädelsgruppe, bestehend aus Helen und mir sowie unserer Freundin Caro, die die Nachricht geschrieben hat.

Wochenende! Sassys*? Drink und dann Party?*

Ich lächle. Ja, da bin ich dabei. Das kann ich heute echt gebrauchen. Ein bisschen feiern. Warum nicht? Ablenkung, keine sexy Talks …

Ich wechsle den Chat, schicke ein *Daumenhoch* und freue mich darauf, mit Helen und Caro heute auszugehen.

So bin ich auch nicht in Versuchung, doch wieder mit diesem Kerl zu schreiben.

Apropos … wie heißt er überhaupt?

Egal, unwichtig.

Helen schickt ein Feuerwerk-Emoji in die Gruppe.

Ich like die Nachricht und überlege schon, was ich anziehe.

Da klingelt mein Handy. Es ist Richard. Was will der denn jetzt schon wieder?

»Aaah, Bianca. Gut, dass ich Sie gleich erreiche. Tut mir leid, weil ich heute so anstrengend war. Und Sie hatten recht, es sollte grün sein …«

Ach!

»Schon gut, Hauptsache, alles hat gepasst.«

»Ja, das hat es. Wir haben den Auftrag. Da kommt also Arbeit auf Sie zu. Aber alles machbar. Und der Laptop – haben Sie ihn in die Reparatur gegeben?«

»Ja, ich bekomme morgen Bescheid.«

»Gut, wird schon. Den Rest klären wir am Montag. Ich schicke Ihnen vielleicht schon mal das Protokoll, aber alles Weitere dann im Büro. Haben Sie ein schönes Wochenende.«

»Danke, Sie auch!« Ich lege auf …

Pling!

Ja, aber unmöglich ist nicht gleich schlecht. Manchmal bedeutet es einfach … aufregend. Und falls du mal Sehnsucht hast – tja, dann weißt du, wo du mich findest. Du hast ja meine Nummer. Zwinker-Smiley

Was? Sehnsucht? Nein, das kann er so was von vergessen.

Ich muss jetzt einen Cut machen.

Das wird nicht passieren. Alles Liebe für dich.

So, damit ist das Thema dann hoffentlich erledigt.

Jetzt bereite ich mich auf meinen Mädelsabend vor. Nach einem chaotischen Tag und dem absurden Nachrichtenaustausch mit »Oma« brauche ich dringend einen Drink und gute Musik.

KAPITEL 8

JEMAND, DER DAS KANN

Um Punkt zwanzig Uhr betrete ich das *Sassy Flamingo*, unsere Lieblingsbar. Helen sitzt schon an einem Tisch und winkt mir zu.

Ihre blonden Haare hat sie zu einem Pferdeschwanz gebunden, und wie immer wirkt sie, als hätte sie den perfekten Tag gehabt. Ihr Outfit ist top: enge Hose, helles Top und Blazer. Ich liebe Helen und bin froh, dass sie meine beste Freundin ist.

Mein Outfit ist nicht ganz so edel. Zwar trage ich ebenfalls enganliegende Hosen, dazu allerdings ein Shirt und darüber einen tief ausgeschnittenen Oversize-Pullover.

»Oh, hübsch siehst du aus!«, sagt sie, und ich lasse mich auf den Stuhl neben ihr plumpsen.

»Danke! Ich dachte, das brauche ich heute mal. Nach dem ganzen Chaos, Jörg und …«

»Der Sextalk mit deiner Oma.« Sie grinst mich an, und ich buffe sie leicht gegen den Arm.

Gerade will ich noch etwas erwidern, da stürmt Caro in die Bar, wirft ihre Tasche auf den Tisch und lässt sich auf den dritten Stuhl fallen. Sie wirkt abgehetzt, ihre dunklen Haare sitzen trotzdem perfekt. Genau wie ihre weite Hose und die rote Bluse.

»Mädels, ich sag's euch, das war heute die beste Idee. Ich freu mich total. Und ich brauche dringend was zu trinken.«

Helen und ich wechseln einen Blick und grinsen.

»Prosecco? Oder einen Cocktail? Womit starten wir?« Helen zwinkert.

Caro hebt die Hand. Sofort eilt der Kellner herbei.

»Mmm, Cocktails würde ich sagen.«

Wir bestellen, und schneller als gedacht stehen die Gläser vor uns.

»Also Prost, Mädels – auf einen schönen Abend.«

»Prost!«

Wir stoßen an und genießen für einen Moment einfach den Augenblick.

Dann siegt die Neugier.

»Also, was ist los?«, frage ich. »Was war so anstrengend?«

Caro nimmt einen weiteren großen Schluck aus ihrem Glas, bevor sie spricht. »Ach, ich wollte nur eine Wohnung verkaufen und bin stattdessen als Therapeutin missbraucht worden«, erklärt sie.

Helen grinst. »Jetzt bin ich aber neugierig.«

»Ich habe mich heute mit einer Bekannten getroffen, die eine Wohnung kaufen will. Statt über die Wohnung zu reden, hat sie mir die ganze Zeit die Ohren vollgeheult wegen irgendeines Kerls. Schlimm ist das! Warum lassen wir uns von Männern so aus der Bahn werfen? Wir sollten da viel taffer sein – sie auch einfach benutzen, wenn wir Lust darauf haben. Zumindest, bis der vermeintlich Richtige kommt.«

»Ach, sei nicht so hart«, sagt Helen. »Die Arme! Wenn man jemanden mag, dann hat man eben Herzschmerz.«

Caro schüttelt vehement den Kopf. »Wenn einen jemand nicht will, dann sollte man ihm auch nicht nachjammern – meine bescheidene Meinung. Schau dir unsere Bibi an, sie heult Jörg ja auch nicht nach. Zum Glück bist du den los. Er war, sagen wir mal … merkwürdig. Soll er doch mit dieser Sabine glücklich werden.«

Helen lächelt.

Warum lächelt sie?

»Ja, unsere Bibi hat auch schnell ein Trösterchen bekommen.«

Ich werfe ihr einen bösen Blick zu.

»Moment. Warum weiß ich davon noch nichts?«

»Ich hätte es schon erzählt«, sage ich, weil Caro mich gespielt vorwurfsvoll ansieht.

»Ja dann raus damit.«

»Also, ich weiß nicht, wie ich anfangen soll … aber …«

Und dann berichte ich alles. Als ich fertig bin, sieht mich Caro mit großen Augen an – und auch Helen, denn sie wusste ja bis eben nicht, was heute noch alles passiert ist.

»Nicht dein Ernst«, sagt Caro. »Du hattest also Sextalk in einem Chat, über dem *Oma* steht?«

»Pssst! Nicht so laut! Es ist kompliziert. Also …«

Helen gluckst.

»Ach, verflixt. Ihr seid doof!«

Die beiden lachen, und ich gebe ihnen jeweils einen Schubs.

Mittlerweile sind wir schon bei der zweiten Runde Cocktails.

»Nun?« Caro beugt sich vor. »Ist er so gut, wie er aussieht? Also virtuell?«

Ich merke, wie mein Kopf noch heißer wird.

»Also, es war schon aufregend und ein bisschen hot … aber es war auch bescheuert und unvernünftig.«

»Warum denn das? Du machst dir echt einen Kopf um nichts. Du hast da einen Kerl, mit dem du – als Single, wohlgemerkt – ein bisschen virtuellen Spaß hattest, der dir sogar angeboten hat, weiterzuschreiben, und du machst dir Gedanken? Also echt. Schon mal dran gedacht, dass deine Oma ihn dir geschickt hat?«

»Ja, ja. Hast du dich mit Helen abgesprochen? Ihr beide seid echt spirituell.«

Helen zuckt mit den Schultern und sieht mich unschuldig an. »Ich sehe das auch so. Vielleicht gehört das wirklich zu einem größeren Plan. Du machst dir zu viele Gedanken – alles halb so wild. Bleibt doch in der Familie.«

»Tut es nicht. Er hat nur Omas Nummer. Ansonsten ist er ein Fremder.«

»Na, so fremd ja nicht mehr.« Caro lacht und Helen auch.

»Ihr seid unmöglich.«

»Ach Bibi«, Caro seufzt. »Du musst wirklich ein bisschen lockerer werden. Ist doch aufregend. Kannst du gut gebrauchen nach deinem letzten Fehlgriff. Hattest du mit Jörg so viel Spaß? Nein. Du hast selbst gemeint, dass es zwar am Anfang schön war, wenn ihr euch getroffen habt, aber ihr irgendwie keine Themen für Gespräche gefunden habt. Oder Jörg schon, allerdings fand nur er das interessant.«

»Ja, furchtbar. Dieser Kerl ist so selbstverliebt – da schüttelt es mich. Na ja, jetzt hat er ja seine Sabine.«

»Zu der passt er zu gut«, sagt Helen. »Genauso langweilig und nichtssagend.«

»Das stimmt.« Caro nickt heftig. »Aber, um weiter auf den Punkt zu kommen … auch im Bett lief es ja nicht so toll.«

»Ja«, gebe ich zu. »Aber nur weil … das, was er gemacht hat, war einfach … ich weiß nicht.«

»Fünf Minuten rein, raus – nennen wir doch das Kind beim Namen.«

»Ja, und wenn er unten … ihr wisst schon … zugange war – schrecklich. Ich mag das gar nicht.«

»Weil du noch niemanden hattest, der es kann. Und wer weiß? Am Ende kann es dieser sexy

Oma-Kerl. Er sieht jedenfalls gut aus, das kannst du nicht leugnen. Und mit Worten kann er umgehen, allem Anschein nach.«

»Unser Geschreibsel war trotzdem nicht echt.«

»Kann es noch werden.« Helen prostet mir zu.

»Niemals. Ich hab da Sachen geschrieben …«

Die beiden lachen wieder.

»Man soll niemals nie sagen.« Caro zuckt mit den Schultern. »Und seine Tür ist ja offen. Also, warum sie zumachen?«

Wir trinken aus, dann machen wir uns auf den Weg in den *Club 090*. Schon als wir davorstehen, freue ich mich darauf, mal wieder gute Musik zu hören und mit meinen Mädels zu tanzen.

Es ist einiges los, wir reihen uns in die kleine Warteschlange ein, die schneller vorangeht als gedacht. Dann gehen wir an den Türstehern vorbei, betreten den Club und steuern direkt die Bar an.

»Was nehmen wir?«, fragt Helen.

Wir einigen uns auf Weinschorlen, mit denen wir anstoßen. Ich mache Fotos und stelle sie in meinen Status. Jörg soll sehen, dass ich ohne ihn Spaß habe.

Eine Weile plaudern wir und genießen die Musik. Caro bewegt sich zum Takt, und ich lasse meinen Blick wandern.

Es ist echt viel los. Paare tanzen, Gruppen stehen lachend zusammen und …

Mist!

Mein Herz zieht sich zusammen.

Nicht weit von uns stehen Jörg und Sabine.

KAPITEL 9

ICH UND PEINLICH?!

Muss das sein?!

Er sollte sehen, dass *ich* Spaß habe, nicht umgekehrt.

»Seht mal, wer da ist«, rufe ich Helen und Caro zu. »Da drüben an der Säule. Schaut jetzt bloß nicht so auffällig hin.«

Zu spät – schon drehen beide die Köpfe.

Na, wunderbar.

»O Mann!« Helen streichelt mir über den Arm. »So ein Pech.«

»Wie die ihn antanzt.« Caro verzieht das Gesicht.

»Soll sie doch … olle Kuh«, sagt Helen.

»Der hat echt Nerven. Aber mir egal. Soll er machen, was er will.« Noch während ich das sage, drehe ich mich weg, damit die beiden mich bloß nicht sehen.

»Lasst uns woanders hingehen«, schlägt Helen vor.

Ich nicke, und schon nehmen wir unsere Getränke und machen uns auf den Weg zur Tanzfläche.

Auch wenn ich total taff wirken will, bin ich doch angeknackst.

Es ist nicht direkt wegen Jörg – denn Caro hatte vorhin recht mit dem, was sie gesagt hat. Wir haben gar nicht zusammengepasst. Trotzdem bin *ich* diejenige, die allein und verlassen worden ist.

Schon heftig, per Instagram-Nachricht Schluss zu machen und dann am nächsten Tag schon mit der Neuen unterwegs zu sein.

Aber gut. Mir egal. Kopf hoch.

Wenn etwas gekränkt ist, dann nur mein Ego … vermutlich.

»Jetzt schau nicht so bedröppelt. Denk einfach daran, dass die arme Sabine jetzt das Fünf-Minuten-rein-raus-Spiel ertragen muss, mmm? So sind beide bestraft. Denn er wird nie erfahren, wie viel besser es sein könnte.« Caro zwinkert mir aufmunternd zu, und Helen streichelt mir wieder über den Arm.

»Schon gut. Ist mir wirklich egal. Kommt, wir tanzen.«

Gemeinsam stürmen wir die Tanzfläche. Die Lichter flackern, die Musik dröhnt, und ich hoffe, dass Jörg und Sabine mir einfach fernbleiben.

Unauffällig lasse ich meinen Blick schweifen, kann sie aber zum Glück nirgends entdecken. Am besten ich vergesse sie einfach. Jörg hält eh nie lange durch. Nicht im Club und nicht … danach.

Wir tanzen, albern herum, und alles fühlt sich leicht an.

»Hey«, ruft Caro mir zu. »Der Typ da starrt dich die ganze Zeit an.«

Ich folge unauffällig ihrem Blick – und falle fast um.

Bin ich bescheuert?!

Das kann doch nicht wahr sein.

Das ist doch der Kerl … Oma-Kerl …

Bin ich betrunken?

»Alles gut?«, will Helen wissen.

»Ja … nein …«

»Was ist denn?«, fragt Caro. »Der ist doch süß.«

»Schaut nicht noch mal hin – hört ihr? Aber das ist der Typ. Der Oma-Kerl …«

»Was?!«

Natürlich gaffen sie sofort zu ihm rüber.

»Nicht hinschauen.«

Sinnlos.

»O-M-G«, sagt Caro. »Der ist wirklich heiß. Ist er das wirklich?!«

Ich drehe mich mit dem Rücken zu ihm, zücke mein Handy und rufe sein Profil auf. Die beiden mustern es genau.

»Das ist er echt«, stellt Caro fest.

»Wie lustig«, kommentiert Helen.

»Ja, nein, ich … wir müssen gehen!«

»Aber warum denn?« Caro schaut mich verständnislos an.

»Weil …«

»Ja, weil was? Hallo?! Der sieht ja mal wirklich lecker aus – wenn ich das so sagen darf.«

Ich sehe noch mal zu ihm. Lässig lehnt er an der Wand und unterhält sich mit einer Frau mit hellen Haaren – während er mir immer wieder Blicke zuwirft.

Und er merkt, dass ich ihn ebenfalls anschaue – wie sein Grinsen deutlich verrät.

Ich versuche wegzusehen, doch ehe mir das gelingt, treffen sich unsere Blicke.

Mist!

Jetzt hebt er auch noch eine Augenbraue, und ich würde am liebsten im Boden versinken.

Hoffentlich kommt er nicht rüber. Aber er ist ja offensichtlich beschäftigt. Aufreißer eben!

Helen tippt mich an. »Ich glaube, er hat dich auch erkannt.«

»Ja, scheiße. Wir müssen gehen. Beziehungsweise … ich muss aufs Klo. Und dann gehen wir, okay? Bin gleich wieder da …« Ohne eine Antwort abzuwarten, schiebe ich mich durch die Menge.

So hatte ich mir den Abend echt nicht vorgestellt. Erst Jörg, dann der Oma-Kerl.

Apropos – natürlich laufe ich direkt an Jörg und Sabine vorbei.

Super. Auch das noch.

Mir reicht's.

Wenn ich nur nicht aufs Klo müsste.

Auf der Toilette ist zum Glück weniger los als gedacht, sodass ich sofort eine freie Kabine finde.

Tief durchatmen. Beruhigen. Ich schaffe das.

Die Tür geht auf.

»Gott, so peinlich, diese Frau. Taucht hier auf, weil sie weiß, dass wir hier sind. Hat die keinen Stolz?«

Ich wage es nicht, mich zu rühren.

Das ist eindeutig Sabine.

Peinlich?! Meint die etwa mich?! Wen sonst?!

»Ach, mach dir nichts draus. Jörg gehört jetzt dir.« Keine Ahnung, zu wem die Stimme gehört.

»Ja ... wurde auch Zeit, dass er sich richtig entscheidet.«

Wow. Also hat dieser Penner mich wirklich die ganze Zeit betrogen?

Ich schlucke.

»Ja, war nicht leicht, weil sie ihm so nachgestellt hat. Die ist einfach total verzweifelt, das sieht man ihr schon an.«

Bitte?!

Ich halte den Atem an und wage es nicht, auch nur das kleinste Geräusch von mir zu geben.

»Sie wusste, dass Jörg der absolute Glücksgriff ist. Aber na ja ... jetzt wird sie wohl einsam und allein bleiben.«

Das ist ja wohl die Höhe!

Ich presse die Lippen zusammen und warte ab, bis die beiden fertig sind. Leider ist es ihr Gespräch nicht, als sie schließlich an den Waschbecken stehen.

»Du siehst so gut aus – kein Wunder, dass Jörg seine Finger nicht von dir lassen kann.«

Sabine gluckst.

Was nimmt sie sich eigentlich raus?!

Ich soll ihm nachgestellt haben?! Ich wäre seinetwegen hier?! Das ist …

Schließlich höre ich die Tür, und dann ist es wieder still.

Ich trete aus der Toilette und sehe mich im Spiegel an.

Die tut ja gerade so, als wäre ich Quasimodo.

Also wirklich. Was bildet die sich ein? Ich brauche Jörg nicht. Ich brauche niemanden. Ich … habe was anderes.

»Nicht mit mir«, knurre ich meinem Spiegelbild zu.

KAPITEL 10

WARUM KLINGT DAS SO SEXY?

Ich wette, man kann Dampf aus meinen Ohren kommen sehen, als ich zurück zu Helen und Caro gehe.

»Was ist denn los?«, fragt Caro. »Du siehst aus, als wolltest du gleich den gesamten Laden in die Luft sprengen.«

Helen stößt ihr den Ellbogen in die Seite. »So was sagt man nicht.« Dann legt sie den Kopf schief. »Aber du siehst wirklich wütend aus.«

»Wolltest du dich nicht beruhigen?«, setzt Caro hinzu.

»Ich konnte mich gar nicht beruhigen. Wisst ihr, wer auch gerade auf dem Klo war? Und über mich abgelästert hat? Sabine! Sie wusste nicht, dass ich auch da bin.«

Ich berichte den beiden alles, und sie wirken mindestens genauso wütend, wie ich mich fühle.

»So eine Bitch!«, schimpft Caro.

»Nimm dir das nicht zu Herzen.« Helen fasst nach meiner Hand.

»Ich soll mir nicht zu Herzen nehmen, dass er die ganze Zeit mit ihr was am Laufen hatte? Das ist echt das Allerletzte! Das lasse ich nicht auf mir sitzen. Ich werde …«

Caro schüttelt den Kopf. »Nein, du sagst sicher nichts zu ihm. Diese Genugtuung darfst du ihm nicht geben. Und ihr.«

»Nein, ich habe einen anderen Plan. Und ja, vielleicht werde ich es morgen bereuen. Spielt bitte mit. Egal, was jetzt passiert …«

»Was hast du vor?«, fragt Helen.

Ich lasse meinen Blick durch den Club wandern – und sehe ihn.

Den Oma-Kerl.

»Los geht's«, murmele ich und gehe quer über die Tanzfläche.

Ich sorge dafür, dass er mich erst im letzten Moment bemerkt, als ich direkt vor ihm stehe. Keine Ahnung, warum ich das tue, was da in mich gefahren ist. Okay, Cocktails und Wein – aber auch so ein seltsamer Schub an Mut.

Mein Herz schlägt mir bis zum Hals.

Der Kerl hebt die Augen, blau – wow, ein heftiges Blau. Und diese Wimpern. Ich schlucke und unsere Blicke vermischen sich.

»Hey«, sage ich, und er mustert mich.

Okay. Erkennt er mich doch nicht? Hat er eben einfach so zu mir rübergeschaut? Zuzutrauen wäre es ihm. Gestern Sexchat, heute vergessen.

Dann kann ich das hier auch ohne schlechtes Gewissen machen.

Los, Bibi! Tu es einfach!

Ich beuge mich näher zu ihm, nahe an sein Ohr. »Du hast geschrieben, ich kann dich jederzeit benutzen … Die Türen sind offen. Ich brauche deine Hilfe. Jetzt.«

Ich trete einen Schritt zurück, und unsere Augen begegnen sich erneut.

Er beißt sich auf die Unterlippe. Tausend Fragen im Gesicht.

Hat er echt keinen Schimmer, wer ich bin?

»Du bist es also wirklich«, sagt er endlich. »Hab ich mich nicht getäuscht.«

»Äh, also, du weißt, wer ich bin.«

»Natürlich, ich weiß alles …«

Mein Gesicht wird heiß.

Egal. Los durchziehen, Bibi!

Ich reiche ihm meine Hand.

O Gott. Was tue ich da bitte?

Er denkt noch, ich habe sie nicht alle.

Doch schließlich berühren wir uns, als er meine Hand nimmt.

»Na dann«, sagt er noch und lässt sich von mir mitziehen, in die Richtung, wo Sabine und Jörg stehen und heftig miteinander turteln.

»Pass auf«, sage ich zu Oma-Kerl. »Da hinten steht mein Ex, und er ist ein Idiot und Betrüger … Ich will ihm zeigen, dass ich ihn nicht nötig habe.«

Er hält mich zurück und dreht mich so, dass ich ihn ansehen muss.

Diese Augen. Mein Herz hämmert, als er mich an sich zieht.

»Okay, ich bin dabei«, raunt er in mein Ohr.

Boah! Gänsehaut!

Bereit wofür?!

Doch ehe ich ihn das fragen kann, legt er seinen Finger auf meine Lippen.

»Lass mich machen«, raunt er.

Warum klingt das so sexy?

Er hebt unsere Hände und dreht mich einmal im Kreis, wie beim Tanz, nur um mich dann wieder an sich zu ziehen.

Wir sind uns so nahe, dass ich seine Muskeln spüre.

Seine Lippen liegen nun fast auf meinen.

»Ist das echt okay?«, flüstere ich gegen seinen Mund.

»Klar. Versprochen ist versprochen. Du kannst tun, was immer du willst.« Er packt mich fester, und ich muss schlucken.

Sein Duft kriecht in meine Nase.

Mein Herz macht einen heftigen Satz.

Ob das hier wirklich eine gute Idee ist?

Plötzlich spüre ich, wie er mit seinen Händen sanft meinen Rücken streichelt.

»Was tust du da?«, flüstere ich.

»Ich berühre dich.«

»Merke ich … äh …«

»Du willst doch, dass es glaubwürdig wirkt.«

Er hat recht.

»Okay, aber am glaubwürdigsten ist es, wenn wir – du weißt schon …«

»Dann los«, flüstert er.

Im nächsten Moment küsse ich ihn.

Und …

OMG.

Was ist das denn bitte?!

So darf sich das doch nicht anfühlen.

So gut.

Viel zu gut.

Ich vergesse alles andere um mich herum.

Versinke komplett und ganz in dem Gefühl, das seine Lippen auf meinen in mir auslösen.

Hitze breitet sich in mir aus.

Es ist so gut, so gut …

Wir lösen uns voneinander, und ich sehe ihn an.

Eins, zwei, drei …

Ist das hier wirklich passiert?

Er grinst. »Ich glaube, wir haben Eindruck gemacht. Dein Ex hat ziemlich blöd geschaut und so doll gegafft, dass seine Neue ihn wegziehen musste.«

»Ja? Wirklich?« Ich kann mir ein Grinsen nicht verkneifen.

»Ja, wirklich.«

»Gut.«

O Mann, Bibi! Was jetzt?!

Ich trete einen Schritt zurück.

»Also … danke.«

Er grinst. »Gerne wieder.«

Ich schlucke. Der bringt mich total aus dem Konzept. »Eher nicht, aber … danke.«

Schnell weg hier.

Ich wende mich ab und lasse ihn stehen.

Helen und Caro fangen mich ab.

»Das war der Hammer! Das war der totale Boss-Move«, ruft Helen.

Caro schüttelt grinsend den Kopf. »Bibi, Bibi … ich wusste es immer! Stille Wasser sind tief und …«

»Wir müssen gehen«, unterbreche ich sie. »Schnell!«

KAPITEL 11

WAR WOHL NICHT SO GUT?

Mein Herz hämmert so heftig, dass ich es in meinem ganzen Körper spüre.

»Du hast echt diesen Kerl geküsst.« Helen lacht.

»Ja, ich … was ist nur in mich gefahren?«

Caro und Helen werfen sich einen Blick zu.

»Bisher nur seine Zunge«, sagt Caro dann und prustet los.

»Aber dabei muss es ja nicht bleiben«, ergänzt Helen und grinst mich an.

»Du bist ein ziemliches Bad Girl.« Caro kriegt sich gar nicht mehr ein.

»Was? Bin ich nicht.«

»Doch! Du hast dir genommen, was du wolltest. Und Jörg – der hat blöd geschaut. Und

Sabine erst. Die ärgert sich jetzt bestimmt, weil sie sich mit Jörg zufriedengeben muss, während du diesen heißen Kerl klargemacht hast. Das war echt zu gut.«

Ja, das war es.

Ich spüre, wie mein Handy in der Tasche vibriert. Jemand schickt mir eine Nachricht.

***

Es ist so schön im Bett.

Warm, kuschelig. Ich will nicht aufwachen. Noch nicht. Aber …

Ich gähne und öffne langsam die Augen. Sonnenstrahlen dringen durch die weißen Vorhänge. Es ist so ruhig und friedlich … Was für ein schöner Tag …

Weiße Vorhänge? Ich habe keine Vorhänge.

Und seit wann besitze ich diesen Schrank?

Ich bin nicht daheim. Ich bin …

O mein Gott! Ist das gestern Abend wirklich passiert?

Mein Herzschlag beschleunigt sich.

Bumbum.

Jörg.

Bumbum.

Sabine.

Bumbum.

Der heiße Kerl.

Bumbum.

Der Kuss.

Bumbum-bumbum.

Die Nachrichten.

Vorsichtig schaue ich mich um. Zum Glück liegt mein Handy neben mir auf dem Nachttisch. Ich nehme es und rufe die Nachrichten auf.

Du hast vergessen, mich mit zu dir nach Hause zu nehmen …

O Mann! Ich hab darauf geantwortet.

Ich lese die Nachricht.

Warum unbedingt zu mir nach Hause? Du hättest mich auch zu dir einladen können …

Okay. Wie wäre es in einer halben Stunde? Hier meine Adresse …

Langsam drehe ich den Kopf. Okay …

Es ist wahr. Ich sehe Muskeln. Den nackten Hintern. Flashbacks flackern durch meinen Kopf.

Ich keuche auf.

Wir haben … einfach so. Ich kenne ihn nicht mal richtig – und es war so gut.

Er schläft noch. Wenn ich mich ganz langsam und vorsichtig bewege …

Wo sind meine Klamotten?

Oh, es fällt mir wieder ein.

Wie konnte ich das machen?!

Was passiert gerade mit mir?!

Bin ich nicht mehr bei Trost?!

Ich sehe noch mal zu seinem Hintern.

Der ist wirklich … heiß. Wie der Rest von ihm.

So eine Nacht hatte ich das letzte Mal … Nein, so eine Nacht hatte ich noch nie.

Wieder habe ich Flashbacks. Küsse. Überall.

Von wegen »Kein Küsschen unter dieser Nummer.« Da war ich wohl etwas voreilig.

Bereue ich es?

Nein, kein bisschen. Ich wünschte nur, ich wäre schon weg. Hoffentlich wacht er jetzt nicht auf.

Langsam steige ich aus dem Bett und suche mit Blicken das Zimmer nach meiner Kleidung ab – der Slip ist auf der Nachttischlampe. Ja, toller Strip, den ich da hingelegt habe.

Kurz stoppen. Atmen.

Okay. Er schläft weiter. Perfekt.

Ich muss es nur hier raus schaffen. Aus diesem Schlafzimmer. Dann rufe ich Helen an. Oder Caro. Wer auch immer mich hier abholen kann.

Leise und auf Zehenspitzen bewege ich mich zur Tür.

Okay.
Slip – check.
Socken – check.
Hose – check.
Shirt – check.
Pullover – check.
Jacke – check.
Langsam, Bibi.
Es knarzt, blöder Holzboden.
Der Typ bewegt sich.
Stopp. Atmen, leise.
Okay, er ist wieder ruhig. Weiter.
Tasche – check. Handy rein – irgendetwas fehlt, aber was?
Egal jetzt. Weiter, in den Flur. Was stehen da für Skulpturen?
Wurscht! Keine Zeit, mir alles näher anzusehen.
Nur noch die Schuhe.
Geschafft.
Jetzt durch zur Wohnungstür.
Öffnen.
Leise. Leise.
Raustreten.
Wieder schließen.
Und … Geschafft! Ich bin so gut.
Denke ich.

O Mist! Ich habe mich noch gar nicht angezogen. Splitternackt stehe ich hier im Hausflur. Hoffentlich …

»Guten Morgen!«

Ich fahre herum.

Eine ältere Dame steht dort.

»Ähm, guten Morgen …«, erwidere ich und will sterben.

Sie runzelt die Stirn. »War wohl nicht so toll, hm?«

Erwartet sie eine Antwort?

Wohl nicht. Sie dreht sich um, schließt ihre Wohnungstür auf und verschwindet – und ich stehe immer noch nackt hier.

So peinlich!

***

Caro amüsiert sich prächtig. Ein Wunder, dass sie Auto fahren kann, so doll, wie sie lacht.

»Ich kann nicht mehr«, gluckst sie. »Wirklich. Ich breche gleich ab.«

»Die Frau hat mich angesehen, als wäre ich nicht ganz dicht.«

»Nun, das kann man ihr nicht verübeln – wenn du nackt im Hausflur stehst.« Sie setzt kurz ein ernstes Gesicht auf. »Wenigstens hat sie sich Sorgen um dich gemacht, wie deine Nacht gelaufen ist.«

Ich halte mir die Hände vors Gesicht. »Sie wird ihm davon erzählen.«

»Dass du behauptet hast, er sei schlecht gewesen?«

»Habe ich nicht.«

Wieder lacht Caro. »Also, ist es dir wichtig, was er über dich denkt. War er denn wirklich schlecht?«

Wieder flackern Bilder durch meinen Kopf.

»Nein, es war … wow …«

»Das freut mich! Dann hat es sich doch gelohnt.«

»Ja, schon …«

»Jetzt schau nicht so beschämt. Das ist doch toll. Genau das, was du gebraucht hast. Also, offensichtlich. Wenn du jetzt nicht über Jörg hinweg bist, weiß ich auch nicht.«

Ich schnaube. »Der. Den hab ich längst vergessen.«

»Ja, Corben sei Dank.«

»Wem?«

Caro schaut mich ungläubig an. »Du weißt seinen Namen nicht?«

»Nein, wir … waren mit anderen Dingen beschäftigt.«

»Corben Lehmann stand auf dem Klingelschild. Zweiter Stock hast du doch gesagt, oder? Der andere Name war Renate Kramer.«

Ich stöhne. »Das ist die Nachbarin, die mich erwischt hat.«

»Dachte ich mir. Also, dein heißer One-Night-Stand heißt Corben Lehmann.«

»Na, ich glaube nicht, dass mir diese Info noch viel nützt. Ich werde ihn nie wiedersehen.«

»Warum nicht, wenn es so gut war?«

»Weil … ich nicht der Typ dafür bin.«

Caro lacht wieder. »Da hast du dir letzte Nacht aber das Gegenteil bewiesen.«

KAPITEL 12

ES ENDET HIER

Zu Hause lege ich mich noch mal hin. Ich bin dermaßen müde. Kein Wunder. Viel geschlafen habe ich nicht.

Letzte Nacht war wirklich aufregend.

Ich ziehe mir die Bettdecke über den Kopf.

Was habe ich getan?!

Nur weil ich das, was Sabine über mich gesagt hat, nicht auf mir sitzen lassen wollte.

Sie war auch ziemlich mies.

Ich wälze mich hin und her. Sinnlos. Ich bin viel zu aufgekratzt, um zu schlafen.

Nach einer ausgiebigen Dusche lege ich mich aufs Sofa. Eigentlich will ich nichts tun. Nur fernsehen und mich ausruhen.

Anscheinend stecke ich durchmachte Nächte nicht mehr so locker weg.

Ich stelle eine Serie an und versuche, an nichts zu denken.

Pling!

Ich greife nach meinem Handy – eine Nachricht von Oma-Kerl oder Corben, wenn Caro recht hat.

Hast du dich einfach davongeschlichen? Zwinker-Smiley.

Ich seufze. Ist ja wohl offensichtlich.

Weggeschlichen? Ich habe extra viel Lärm gemacht, aber du hast geschlafen wie ein Toter. Hab ich dich so geschafft?

Er schickt einen lachenden Smiley zurück.

Mich nicht, aber meine Einrichtung.

Hä?

Soll ich dir etwa hier schreiben, was du alles gemacht hast?

Mir wird heiß.

Okay, pass auf, schreibe ich. *Du hast mir geholfen, danke dafür, aber jetzt ist das hier beendet.*

Schnell Handy weg. Oder zumindest raus aus WhatsApp. Ich klicke auf Instagram.

Promiflash zeigt mir an, dass sich irgendwelche Stars getrennt haben, und eine Influencerin hat ihre Hochzeit abgesagt, weil ihr Verlobter anscheinend mit ihrer Schwester durchgebrannt ist.

Ja. Beziehungen zwischen Menschen sind schon verrückt. Und kompliziert.

Deswegen will ich das nicht. Ich hatte doch gute Gründe dafür, ein Single zu sein. Mit einem Mann kann man nicht wirklich so sein, wie man ist. Zumindest konnte *ich* das noch nie – abgesehen von letzter Nacht. Also kann man es wohl nicht, wenn einem etwas an dem Mann liegt.

Ich scrolle weiter durch Instagram, sehe ein Bild von einem verliebten Paar am Strand und seufze leise.

Wann habe ich das letzte Mal so etwas wie Verliebtsein erlebt?

Die Antwort kommt schneller, als mir lieb ist.

Lange ist's her, Bibi.

Ich will den Gedanken sofort abschütteln, aber es bleibt dieses kleine, nagende Gefühl von Sehnsucht.

So ein Netflix-Abend zu zweit, zusammen auf dem Sofa gekuschelt … klingt doch irgendwie schön. Irgendwas Doofes ansehen. Gemeinsam lachen. Sich halten. Umarmen, kuscheln. Da würde ich sogar mal auf das ungestörte Nasepopeln verzichten.

»Stopp!«, rufe ich, lege das Handy weg und zwinge mich, aufzustehen.

»Bibi, du bist glücklich so, wie es ist. Und letzte Nacht war gut – aber auch genug.«

Oma schaut mich von unserem Foto aus an.

»Mann, Oma. Du musstest mir niemanden schicken.«

Jetzt schnappe ich anscheinend über. Und ich habe Hunger. Kaffee hatte ich auch noch nicht.

Ich schlurfe in die Küche und öffne den Kühlschrank. Da sind die Waffeln vom Vortag.

Ja, genau deswegen bin ich glücklich – weil ich diese Waffeln jetzt einfach essen kann. Ich schnappe sie mir, zusammen mit Apfelmus.

Ein Frühstück wie gemacht für eine unabhängige Single-Frau.

Okay, schon der zweite Tag in Folge, aber gut.

Ich lasse mich wieder auf dem Sofa nieder und nehme einen Bissen.

Lecker.

Aber mit jemandem gemeinsam hier zu sitzen, Waffeln zu essen und dann etwas gemeinsam zu unternehmen …

Nein. Single zu sein, ist super. Was waren die Vorteile?

Kein störendes Geschnarche nachts.

Freie Wahl beim Fernsehprogramm. Keine stressigen Schwiegereltern. Ungestörtes Nasepopeln. Alles ist super.

Ich brauche niemanden, um glücklich zu sein. Niemanden!

Trotzdem nehme ich wieder mein Handy. Fast automatisch wandert mein Finger zu den WhatsApp-Nachrichten und auf das Profilbild von »Oma« – oder besser gesagt, nicht mehr »Oma«.

Und ich sehe auch eine neue Nachricht.

Ein *Zwinker-Smiley*.

Na toll.

Ernst nimmt der Kerl mich anscheinend nicht. Wie auch?!

Erst sage ich ihm, ich will nichts, dann küsse ich ihn im Club – und lande auch noch mit ihm im Bett.

Wirklich sehr konsequent – nicht.

Wie wäre es wohl, mit ihm einen dieser typischen Netflix-Abende zu haben?

Er legt einen Arm um mich, wir schauen irgendeine Serie – etwas Spannendes, das wir beide mögen – und irgendwann sagt er so etwas wie …

Ja, was?

»Wohin willst du mich küssen, Bibi? Wohin, mhm, mhm?«

Super!

Nein, Corben ist sicher nicht der Typ Mann, der kuschelnd auf dem Sofa sitzt.

Und seine Wohnung … Waren da nicht so komische Skulpturen? Ich habe sie gestern nur am Rande wahrgenommen.

Erneut vibriert mein Handy. Helen ruft an, und ich gehe ran.

»Na, wie geht's?«, fragt sie. »War die Nacht gut? Hab schon gehört, nackter Auftritt im Flur.«

»Ja, bisschen peinlich. Aber das davor … war echt gut.«

»Oh, wie schön! Auf einer Skala von Jörg bis zehn?«

Ich lache. »Auf alle Fälle zehn.«

»Das klingt ja mehr als vielversprechend. Und jetzt? Siehst du ihn wieder?«

Tja, das ist die Frage aller Fragen.

»Nein, das war eine einmalige Sache. So was ist ja sonst nicht meine Art … also eigentlich …«

Helen lacht. »Also, eigentlich?«

»Ja, ich war letzte Nacht nicht ich selbst.«

»Oder eben doch. Wo ist denn das Problem? Er ist heiß, hat es anscheinend drauf … Warum genießt du es nicht einfach?«

»Na ja, das ist ja genau das Problem.«

»Was?«

»Solche Typen wissen, dass sie toll sind. Da muss man vorsichtig sein, sich nicht darin zu verlieren. Der braucht eher mal eine Lektion, verstehst du?«

»Und die erteilst du ihm, indem du ihn dir entgehen lässt?«

Ich seufze. »Du drückst es so aus, als wäre es eine Strafe für mich, nie wieder mit ihm … So ein Geschenk an die Welt ist er auch wieder nicht.«

»Vielleicht solltest du einfach mal nicht so viel denken.«

»Das sagt sich leicht. Er lässt nicht locker.«

»Oh, hat er wieder geschrieben?«

»Ja. Er hätte nichts gegen eine Wiederholung. Aber … nein. Niemals. Nein. Das wäre einfach nur dumm.«

»Anscheinend hat ihm letzte Nacht auch gut gefallen. Sieh es mal so: aus seiner Sicht bist du die heiße Frau, die ihm eine unvergessliche Nacht beschert hat. Und er hat keine Angst vor dir.«

»Ich habe keine Angst. Ich bin nur nicht blöd.«

»Weißt du, was blöd ist? Dass mein Kater heute Nacht in den Flur gekotzt hat.«

Ich lache. »Igitt … so richtig mit …?«

»Gras und Brocken und Mauseresten, nam nam. Also, *das* ist blöd. Einen heißen Kerl in der

Hinterhand zu haben, würde ich jetzt mal als das kleinere Übel ansehen.«

An meinem Handy klopft es an.

Ich komme nicht zur Ruhe.

Unbekannte Nummer.

»Helen, ich muss auflegen. Ich warte auf einen Anruf wegen meines Laptops. Meld mich später, okay?«

»Mach das. Bis dann.«

Ich lege auf, um den anderen Anruf anzunehmen.

»Hallo, Herzig hier.«

»Ja, hier ist Wildfeuer. Es geht um Ihren Laptop. Er ist fertig. Wir konnten alles retten – keine Daten verloren.«

Wildfeuer. Lustiger Name.

»Das ist wirklich großartig. Ich komme gleich vorbei. Wenn das okay ist?«

»Gerne. Klar. Wir sind bis achtzehn Uhr da.«

»Dann bis später.«

Das war es mit Ausruhen, aber ich bin eh viel zu aufgekratzt. Außerdem brauche ich meinen Laptop.

Groß zurechtmachen muss ich mich nicht. Die Schlabberjeans tun es auch. Darüber eine bequeme, aber stylische Jacke – fertig.

PLATZWUNDEN UND TOLLWÜTIGE EICHHÖRNCHEN

KAPITEL 13

COFFEE TO GO

Draußen ist es angenehm warm. Hach, Frühling. Deshalb habe ich beschlossen, in die Innenstadt zu laufen, um den Kopf ein bisschen freizubekommen.

Der Weg ist nicht weit – klar, mit der U-Bahn wäre ich schneller, aber nachdem das Wetter so schön ist, tut mir das jetzt richtig gut.

Ich laufe an ein paar Ständen vorbei und an einem Café. Prompt muss ich gähnen. Ein Kaffee für den Weg wäre nicht schlecht.

Ich gehe ins Café. Es riecht so gut. Das hebt meine Laune schlagartig. Ich stelle mich in die Reihe und – das ist doch jetzt ein Witz. Der Typ, der gerade an der Reihe ist, ist Corben. Gestern Abend in der Bar, jetzt hier. Stellt er mir nach?

Schnell raus hier!

Draußen warte ich, bis er den Laden verlässt. Er telefoniert. Wahrscheinlich hat er schon die Nächste am Start.

Zum Glück hat er mich nicht gesehen.

Ich husche zurück ins Café und freue mich, was für ein Glück ich hatte. Eine Frau ist vor mir dran.

War das wirklich Corben, oder geht da meine Fantasie mit mir durch?

»Was kriegen Sie, bitte?« Der Mann hinter der Theke reißt mich aus meinen Gedanken.

»Ähm, einen Latte Macchiato mit Karamell, bitte.«

Während er sich an die Arbeit macht, sehe ich nach draußen, aber Corben ist nicht mehr da.

Vielleicht habe ich mich doch getäuscht – wäre ja schon ein ziemlicher Zufall.

Mein Kaffee ist fertig. Ich nehme ihn, bezahle und gehe nach draußen. Die Sonne kitzelt mich an der Nase, und ich bleibe stehen, lehne mich an die Fleischbrücke und trinke einen Schluck.

Durchatmen.

Ruhig sein.

Er war es nicht.

Ich sehe vermutlich wirklich Gespenster …

»Schicke Jacke.«

O nein!

Langsam wandert mein Blick nach rechts und … der Kaffee fällt mir vor Schreck aus der Hand.

»Mist!«, rufe ich, und Corben hebt eine Braue.

»Ernsthaft? Du hast offensichtlich ein Problem damit, Tassen oder Becher zu halten.«

»Sehr witzig. Du hast mich erschreckt.« Ich hebe den leeren Becher auf und entsorge ihn. »Der schöne Kaffee.«

Corben hält mir grinsend seinen Becher hin. »Hier, du kannst von meinem trinken.«

Ich ziehe eine Augenbraue hoch. »Was? Nein.«

»Du klingst, als hätte ich etwas Ansteckendes. Wenn es so wäre, hättest du es jetzt eh schon.«

Mein Gesicht wird heiß. »Sag so was nicht.«

Corben lacht. »Dann schau nicht so«, sagt er dann und nimmt einen Schluck aus seinem Becher.

Ich betrachte sein Gesicht.

Mist. Bei Tageslicht sieht er immer noch gut aus. Diese blauen Augen. Ich mag blaue Augen, mochte ich schon immer.

Wieder diese Flashbacks.

Wie er mich geküsst hat.

Wie er …

Nein. Nein. Nein.

»Du wirst immer röter im Gesicht«, stellt er fest. »Woran denkst du?«

»An nichts. Nur … was ich jetzt mache. Mit dem Kaffee.«

»Mein Angebot steht.«

Er reicht mir wieder den Becher.

»Na gut.« Ich trinke einen Schluck. Schmecke ich da Zimt?

»Du hast mich also doch erkannt, eben im Laden«, sagt er.

»Was?«

»Du hast dich versteckt, aber ich habe dich gesehen.«

Jetzt denkt er, ich wäre ein Freak.

»Versteckt? Nein. Ich habe was gesucht.«

»Gesucht? Was denn?«

Ich schiebe die Hände in die Jackentaschen – spüre aber nur … einen Bonbon, egal.

»Den hier, ist mir runtergefallen. Mein Lieblingsbonbon, ohne den geht nichts.«

»Ah, klar, verstehe. Ich dachte schon, du wärst vor mir davongelaufen.«

Ich schüttle heftig den Kopf. »Nein, auf keinen Fall.«

Er weiß, dass ich schwindle. Egal.

»Warum auch? Wäre ja super albern, wenn du das wegen letzter Nacht machen würdest.«

Ich nicke. »Ja, total.«

Warum grinst er so?!

»Du bist echt lustig. Gib ruhig zu, dass es dir peinlich ist.«

»Ist es nicht.«

»Warum dann diese verzweifelten Blicke? Ach so, der Bonbon.«

»Genau. Falls ich verzweifelt geschaut habe, dann deswegen.«

»Verstehe, ist ein sehr guter Bonbon, oder?«

»Der Beste. Wie gesagt – mein Glücksbonbon.«

»Nun gut, dann bin ich erleichtert, dass es nicht meinetwegen ist.« Er mustert mich. »Übrigens hättest du bei mir zu Hause auch einen Kaffee bekommen – ganz entspannt.«

Ich schlucke. »Ja, ich wollte halt nach Hause. Du hast eh geschlafen. Zudem hatte ich Termine und …«

»Ja, ich hab schon von Frau Kramer gehört, dass du es wohl eilig hattest. Du standest echt nackt im Flur?«

O Mist!

Mir ist so heiß. Ich sehe bestimmt aus wie eine Tomate.

Und Corben lacht.

»Ich hatte es eilig«, verteidige ich mich. »Da hab ich meine Sachen unterwegs angezogen.«

»Ja, im Hausflur.«

»Genau.« Leider kann ich nicht verhindern, dass ich lachen muss, weil es doch irgendwie lustig ist.

Corben lacht ebenfalls, und plötzlich wird es irgendwie entspannt zwischen uns. Immerhin hat er mich schon nackt gesehen. Und ich ihn.

»Was hast du heute so vor?«, fragt er.

»Keine Ahnung. Ich bin gerade auf dem Weg zum Laptopdoktor.«

»Ah, der Laptop, über den du den Kaffee geschüttet hast.«

»So ist es. Deinetwegen.«

Er lacht. »Ja, meinetwegen. Okay, Vorschlag: Ich begleite dich. Nachdem es ja meine Schuld war, ist es das Mindeste, dir meine Gesellschaft zu schenken.«

»Was?! Nein, nicht nötig.«

»Doch, ist es. Außerdem bin ich neugierig wegen dieser Jörg-Sache und würde gern mehr erfahren.«

»Ah, das war so peinlich.«

»Das denke ich nicht. Ich denke eher, das war ziemlich klug. Also, falls du diesen Jörg wieder zurück willst.«

»Was? Nein! Auf keinen Fall. Ich wollte nur … na ja, ich habe Sabine gehört, seine Neue, und … lange Geschichte.«

»Okay, jetzt bin ich noch neugieriger. Die beiden haben echt dumm geschaut. Du und diese Sabine versteht euch also nicht so gut?«

»Nein …« Ich sehe ihn an. »Geschickt, wie du mich in ein Gespräch verwickelst.«

»Ja, ich habe so einige Talente – wie du weißt.« Er zwinkert.

»Du bist schrecklich.«

»Unmöglich eher. Also, erzählst du mir jetzt, warum du Sabine so blöd findest? Und was passiert ist?«

»Na schön. Während wir zum Laptopdoktor gehen – ich brauche den Laptop am Montag.«

KAPITEL 14

DER OMA-KERL

»Also, Sabine ist jetzt mit Jörg zusammen, mit dem du vorher was hattest, und du hast auf der Toilette erfahren, dass er wohl schon länger was mit ihr hatte. Und …« Corben atmet tief durch. »Und du hast gehört, wie sie über dich lästert – dass du eine Art Katzenfrau bist, die jetzt wohl für immer allein bleibt. Deswegen bist du zu mir gekommen, um ihnen zu zeigen, dass es so ganz sicher nicht ist. Hab ich das richtig zusammengefasst?«

Ich seufze. »Ja, sehr treffend sogar.«

Wir haben den Laden erreicht und bleiben stehen.

»Wow. Dann hast du mich ja nur benutzt? Ich bin echt enttäuscht. Wirklich.«

»Oooh! Enttäuscht?«

Sein Handy klingelt. Ziemlich gefragt, der Typ.

»Allerdings. Da reden wir noch drüber.« Er grinst.

Ich rolle mit den Augen. »Ja, ganz bestimmt. Ich geh schon mal rein. Du kannst telefonieren.«

Er nickt, und ich öffne die Tür.

Der Mann von gestern steht hinter der Theke.

»Ah, da ist sie ja – die Frau mit dem Laptop, der sich selbst zerstören wollte. Dann kommen Sie mal mit.« Er zwinkert mir zu.

»Freut mich, dass Sie ihn retten konnten. Ich war wirklich besorgt.«

Er lächelt und legt den Laptop vorsichtig auf die Theke. »Ja, kann ich verstehen. Aber halb so wild – wir konnten alles retten. Der Laptop ist wieder wie neu. Und er hat mir geschworen, so etwas nicht noch mal zu tun. Aber falls doch, bin ich zur Stelle.«

Ich muss lachen. Irgendwie ist er echt nett. »Da bin ich aber erleichtert. Dann weiß ich ja, wen ich frage, wenn wieder was ist.«

Der Verkäufer lächelt. »Jederzeit.«

Moment mal. Flirtet er gerade mit mir?

»Wie schön«, erwidere ich und streiche mir eine meiner dunklen Haarsträhnen aus dem Gesicht. »Gut, also …«

»Funktioniert er wieder?«, fragt eine tiefe Stimme direkt neben mir.

Corben.

Ich schließe kurz die Augen. Natürlich musste er jetzt auftauchen.

»Ja, zum Glück. Alles heil.«

»Gut, denn wissen Sie, es ist meine Schuld«, sagt Corben zum Verkäufer. »Ich habe ihr eine … na ja … heiße Nachricht geschickt, und zack – so schnell kann es gehen.«

Ich stöhne leise.

Musste das sein?!

Ich sehe ihn an, dann den Verkäufer, der sich räuspert.

»Verstehe. Dann war es wohl doch nicht die Schuld des Laptops. So ändern sich die Umstände …« Er reicht mir die Rechnung. »Hier, bitte schön.«

Meine Wangen glühen.

Corben hat sie doch nicht mehr alle.

»So war es ja auch nicht! Die Nachricht – die total unbedeutend war – hat mich nur kurz aus dem Konzept gebracht und …«

»Unbedeutend? Jetzt fühle ich mich gekränkt, Schatz.«

Schatz?!

Ich könnte ihn umbringen.

Aber gut. Wenn er Spielchen will – die kann er haben.

»Nun, Schatz … dann hättest du die Sache mit meiner Oma nicht machen dürfen.« Ich sehe den Verkäufer an. »Können Sie sich vorstellen, dass er im Namen meiner Oma fremde Frauen angeflirtet hat?«

Der Verkäufer verzieht sichtlich unangenehm berührt das Gesicht. »Ähm … also, wollen Sie mit Karte zahlen?«

Ich nicke und halte meine Karte an das Gerät.

»Nun, bei dir hat es ja auch funktioniert«, sagt er seelenruhig. »Da kannst du mir jetzt keinen Vorwurf machen.«

Der Verkäufer räuspert sich wieder.

»Ganz dünnes Eis«, sage ich und tippe meinen Code ein.

»Einen schönen Tag noch«, sagt der Verkäufer und reicht mir den Laptop.

Corben grinst. »Ihnen auch. Und vielen Dank.«

»Ja, danke!«, sage ich und muss mich beherrschen, Corben nicht an die Gurgel zu gehen.

»Was sollte das?«, fahre ich ihn stattdessen an. »Der denkt jetzt, wir sind komplett verrückt.«

»Reg dich doch nicht so auf. Immerhin hast du mich gestern benutzt, da darf ich mir doch einen kleinen Spaß erlauben.«

Er öffnet die Tür und lässt mir den Vortritt.

»Kleiner Spaß? Außerdem habe ich dich nicht benutzt. Du hast mitgemacht. Obwohl du nicht mal genau wusstest, worum es ging.«

»Nur weil ich dachte, dass du mich gut findest.«

»Was? Ich habe dich um Hilfe gebeten.«

»Ja, aber ich fühle mich jetzt eben benutzt.«

Ich schüttle den Kopf. »Na, dann sind wir ja jetzt quitt. Du Armer!«

Er lächelt. »Quitt? So sehe ich das nicht. Du hast mit meinen Gefühlen gespielt.«

»Ist das jetzt dein Ernst?«

»Nein. Aber dein Gesicht ist einfach zu lustig. Das muss ich doch ausnutzen.«

»Super. Schön, dass du dich so gut amüsierst. Und mich dabei bloßstellst.«

»Hat dir der Verkäufer gefallen?«, fragt er unvermittelt.

»Geht dich gar nichts an.«

Er grinst. »Ja, na schön. Und was machen wir jetzt?«

»Wir?«

»Nun, du hast mit meinen Gefühlen gespielt.«

Ich hebe den Blick. »Kannst du bitte damit aufhören?!«

»Ja, schon gut. Hat sich Jörg eigentlich gemeldet?«

»Nein. Und soll er auch nicht.«

»So hätte ich den Kerl aber eingeschätzt.« Corben streckt sich.

Dabei sieht man ein Stück Haut an seinem Bauch. Macht er das absichtlich?

»Gefällt dir, was du siehst?«, fragt er auch noch.

»Nein, kenn ich schon. Ich dachte nur gerade, dass du dir leicht eine Erkältung holen kannst.«

»Lieb, wie besorgt du bist.«

»So bin ich eben. Wir sind ja immerhin so was wie Familie, Oma-Kerl.«

Er schnaubt. »Wie bitte?!«

»Über dem Chat steht bei mir immer noch Oma. Deswegen bist du der Oma-Kerl.«

»Das ist irgendwie verrückt.«

»Oh – wer versteht jetzt keinen Spaß?«

Er seufzt. »Hast du Lust, etwas trinken zu gehen?«, fragt er. »Einen Kaffee? Ich passe auf, dass du ihn nicht wieder verschüttest.«

Ich runzle die Stirn. »Und dann? Wir gehen was trinken, haben ein Date, schlafen miteinander, verlieben uns und sind für immer und ewig in einer Beziehung?«

Er hebt die Hände. »Wow. Ich habe nur nach einem Drink gefragt.«

Ich lache. Irgendwie macht es Spaß, mit ihm zu reden.

»Ja, ja, schon gut. Mir ist längst klar, was du für einer bist. Das wusste ich schon, als ich dein Profilbild gesehen habe. Arme Oma – das hat sie nicht verdient.«

»Was für einer bin ich denn?«

»Ich will es gar nicht aussprechen.«

»Tja, dann … Lust auf Pizza?«

»Eben war noch von einem Kaffee die Rede.«

»Hm, das ist mir doch zu gefährlich. Außerdem habe ich Hunger. Wie schaut es aus?«

»Pizza klingt gut.«

KAPITEL 15

KEIN DATE!

»Wie lange warst du jetzt mit diesem Jörg zusammen?«

Wir sitzen in einer Pizzeria an einem Tisch in der Ecke und studieren gerade die Speisekarte.

»Ein halbes Jahr, also nicht so lange. Aber doch eine gewisse Zeit. Wobei es nicht so eine wirkliche Beziehung war, wie man sie sich eigentlich vorstellt.«

»Wie stellt man sich denn eine Beziehung vor?«

Ich zucke mit den Schultern. »Man teilt alles miteinander. Man schaut zusammen Filme, geht aus, lacht, hält Händchen und all das.«

»Und das hattet ihr nicht?«

Bevor ich antworten kann, kommt der Kellner. »Was darf es sein?«

»Eine Cola und eine Pizza mit Schinken und Rucola, bitte«, bestelle ich.

»Für mich auch eine Cola und eine Pizza Spezial«, sagt Corben.

Der Kellner notiert alles und geht wieder.

»Also … Händchen halten und all das«, wiederholt Corben. »Was denn noch?«

»Ach, keine Ahnung. Wollen wir nicht alle jemanden, bei dem wir einfach wir selbst sein können?«

»Vermutlich«, sagt er nachdenklich.

»Eben.«

»Gehört dazu … wirklich alles? Auch … ?«

»Was? Nase bohren? Ja.«

»Pupsen?«

»Auch.«

Der Kellner bringt die Getränke.

Wir prosten uns zu, bevor wir weiterreden.

»Also, bist du ein Beziehungsmensch?«, fragt Corben.

»Ja, aber im Endeffekt ist es mir gerade egal. Wenn, dann muss es einfach passen. Und du? Wobei ich dich eigentlich nicht fragen muss.«

»Warum?«

»Wie lange ist deine letzte Beziehung her?«

»Oh, also … schon zwei Jahre.«

»Und als Single bist du glücklich?«

»Nun, ich mag es, dass immer etwas Unerwartetes passieren kann.«

»Wie zum Beispiel, dass dir eine traurige Enkelin schreibt?«

Er lacht und nimmt einen weiteren Schluck von seiner Cola. »Das war auf alle Fälle unerwartet. Und nun sitze ich schon bei einem Date.«

Ich schüttle vehement den Kopf. »Wir haben sicher kein Date!«

Er lacht. »Schon gut. Es macht einfach Spaß, dich ein bisschen zu ärgern.«

»Sieh dich ja vor.«

Die Pizzas kommen schneller als gedacht, und sie riechen wirklich köstlich.

»Wollen wir ein Stück tauschen?«, schlage ich vor.

»Na gut. Auch wenn ich eigentlich mein Essen nicht gern teile.«

Ich reiche ihm ein Stück meiner Pizza und bekomme dafür ein Stück von der Spezial. Die ist auch ziemlich lecker.

»Ist ein toller Laden«, sage ich. »Führst du all deine Dates hierher?«

»Hin und wieder. Warum auch nicht? So habe ich wenigstens immer die Garantie, dass das Essen gut ist – falls es mit der Frau nicht funktioniert.«

»Das stimmt. Eigentlich eine ziemlich clevere Strategie.«

Pling!

Das ist mein Handy. Es liegt offen auf dem Tisch – und Corben sieht die Nachrichtenvorschau.

»Sexy Oma?«, fragt er.

Ich reiße mein Handy an mich. »Das macht man nicht.«

»Das war nur schwer zu übersehen.«

Ich lese die Nachricht. Sie stammt von Helen.

Noch mal was von sexy Oma gehört?

Mein Gesicht brennt, und ich packe das Handy weg.

»Ich bin also *sexy Oma*?«

»Oma-Kerl.«

»Klingt auch nicht besser. Ich hoffe, du nennst mich in Zukunft nicht mehr so – ist nicht der beste Kosename.«

»In Zukunft? Also gehst du davon aus, dass wir uns noch öfter sehen werden? Wie gesagt: *Kein Küsschen unter dieser Nummer.*«

»Bisher hast du dich nicht daran gehalten.«

»Das gestern war ein Ausrutscher. Entschuldige!«

»Schon okay. Ich sehe da kein Problem drin.«

»Das seht ihr Männer ja nie.«

Er lacht. »*Ihr Männer* – als ob wir alle gleich wären. Alle gemein und fies. Ist das nicht ein ziemliches Vorurteil? Ich meine, mich kennst du doch gar nicht, aber du gehst einfach davon aus, dass ich ein Idiot bin.«

»Nein, ich habe nie gesagt, dass du gemein und fies bist«, widerspreche ich schnell.

»Aber ein Idiot.« Corben lacht.

»Nein, ich halte dich nicht für einen Idioten.«

»Solltest du auch nicht. Immerhin war ich sofort bereit, dir zu helfen. Oder etwa nicht?«

»Ja, sehr selbstlos von dir, mich zu küssen.«

»Würde ich aber auch mal sagen.« Er grinst und beißt in sein letztes Stück Pizza.

»Du Armer, ich habe wirklich großes Mitleid mit dir.«

»Danke!«

»So, dann zahlen wir mal, oder?« Corben schiebt den leeren Teller von sich und trinkt sein Glas aus.

Ich nicke, und er hebt die Hand, um den Kellner zu rufen.

»Getrennt oder zusammen?«, fragt er.

»Getrennt«, sage ich sofort.

»Ich hätte dich auch gerne eingeladen.«

»Schon gut. Selbst ist die Frau.«

Nachdem wir getrennt bezahlt haben, verlassen wir die Pizzeria.

»Nun, dann …«, beginnt Corben.

»Ja?«

»Wir sehen uns.«

Ich nicke und wende mich ab.

Ja, ja. Von wegen *Wir sehen uns.*

Es war heiß, es war gut – aber eine einmalige Sache. Es hat gutgetan, wie ich zugeben muss. Jörg ist komplett aus meinen Gedanken verschwunden. Ich bin sogar froh, ihn los zu sein, sonst wäre mir letzte Nacht entgangen. Das konnte ich Corben so nicht sagen, der ist schon eingebildet genug, aber es ist so.

Jetzt ist die Sache vorbei und abgeschlossen.

Da bin ich mir ganz sicher.

KAPITEL 16

MIR TUT ALLES WEH!

Er wusste es. Ganz sicher. So ein Mistkerl!

Warum tut er das?

Mein Bauch kribbelt, weil ich immer wieder an letzte Nacht denken muss. Ja, es war gut. Aber ein One-Night-Stand. Danach geht doch jeder seines Weges.

Was mache ich denn jetzt?

Ich starre auf die Nachricht. Dann leite ich das Foto an Helen weiter.

Darauf zu sehen: der kleine Parfümsprüher, den ich immer in meiner Handtasche habe. Für den Fall der Fälle. So wie gestern. Ich habe mich frisch gemacht, bevor … es zur Sache ging, und den Sprüher offensichtlich liegen gelassen.

Prompt klingelt mein Telefon.

»Na, hast du was bei ihm vergessen?« Helen lacht.

»Ja. Und er hat es mir nicht gesagt.«

Ich erzähle ihr kurz von unserem Treffen und dem Essen.

»Kein Wort davon, dass ich etwas bei ihm vergessen hätte«, sage ich zum Abschluss.

»Awww! Er will dich eben wiedersehen.«

»Aber ich ihn nicht. Das sollte eine einmalige Sache sein. Schlimm genug, dass ich ihm heute auch noch über den Weg gelaufen bin.«

»Hast du wieder in deinen Status gepostet, wo du bist?«

»Hä? Wie meinst du das?«

»Gestern in der Bar hast du ein Foto in deinen Status gestellt. Oder denkst du, er war zufällig dort?«

»Darüber habe ich gar nicht nachgedacht. Du hast recht. Er hat es darauf angelegt. Aber … nein, heute kann er nicht gewusst haben, wo ich bin.«

»Hach, dann hat Oma euch also zusammengeführt.«

»Das Schicksal heißt Oma. Toll! Ich will ihn nicht wiedersehen.«

»Dann sag ihm, er soll den Sprüher per Post schicken.«

»Ja, stimmt. Gute Idee.«

Ich tippe schnell eine Nachricht.

Schickst du es mir einfach? Danke!

Pling! Antwort kommt sofort.

Klar. Adresse?

»O Mist, Helen! Dafür muss ich ihm meine Adresse sagen.«

»Na und? Hast du Angst, dass er einfach vorbeikommt und dich verführt?«

Ich seufze und tippe meine Adresse.

Pling!

Oder ich bring's einfach vorbei. Ist noch einfacher.

Mein Herz setzt kurz aus.

»Er will es mir bringen«, sage ich zu Helen.

Sie lacht wieder. »Hast du was anderes vor?«

»Ja, ich wollte hier auf dem Sofa sitzen, fernsehen und einfach meine Ruhe haben. Außerdem tut mir alles weh.«

»Was? So gut war es letzte Nacht?«

»Kein Kommentar. Ich schreibe ihm, er soll es schicken.«

Einfach schicken reicht. Danke!

Pling!

Post dauert zu lange. Also von mir aus ist es kein Problem. Kann ja nicht verantworten, dass du nicht gut riechst.

Der Kerl ist hartnäckig.

Hat er nichts Besseres zu tun?

»Helen, ich glaube, der ist verrückt.«

Ich lese ihr vor, was er mir geschrieben hat.

»Also, ich finde das eigentlich echt nett. Los, stell dich nicht so an. Lass dir das Parfüm bringen. Ihr trinkt ein Glas Wein, oder was weiß ich, und habt einen schönen Abend.«

»Ich hätte auch einen schönen Abend allein. Und …«

»Und?«

»Ja, es war schon nett mit ihm. Also mehr als das. Aber wenn er kommt … der will doch nur wieder …«

»Wäre das ein Problem? Willst du es denn nicht?«

Pling!

Also?

»Er will, dass ich mich entscheide.«

»Dann entscheide dich.«

»Ich kann ihn nicht schon wieder treffen. Wir waren doch vorhin erst essen.«

Pling!

Wir können einen Film schauen. Kennst du Netflix? Lachsmiley

Der Typ hat Nerven. Ich tippe schnell.

Kennst du *denn Netflix? Krass. Ich hätte gedacht, dass du deine Filme noch auf VHS schaust.*

Frech. Mag ich. Mochte ich letzte Nacht schon. Du darfst den Film aussuchen. Ich bringe Popcorn mit. Und Wein. Oder Bier? Oder beides?

Ich lese es Helen vor, die ins Telefon kreischt. »HEIRATE IHN!«

»Hör auf! Ich will keinen Besuch! Ich wollte einen ruhigen Abend.«

Gar nichts, tippe ich. *Ich will einen entspannten Abend – und das kann man nicht mit einem Mann.*

Warum nicht? Klingt perfekt. Wäre dabei.

Ich muss lächeln. Irgendwie finde ich es auch nett, dass er sich so sehr bemüht. Vielleicht liegt ihm was an mir … Nein, solche Gedanken lasse ich gar nicht erst zu. Er ist einfach dermaßen von sich überzeugt, dass er kein *Nein* akzeptieren kann. Eine Abfuhr verletzt nur sein Ego, mehr nicht.

Mein Kampfgeist ist geweckt. Soll er kommen und sich mit mir auf dem Sofa langweilen. Ich werde eine absolute Schnulze raussuchen – oder eine Doku? Danach schicke ich ihn einfach nach Hause. Anders kapiert er es nicht.

Will ich ihm wirklich nur etwas beweisen? Oder hoffe ich doch, es könnte eine Wiederholung geben?

Aaah, ich weiß es nicht.

»Was machst du jetzt?«, fragt Helen.

»Er soll vorbeikommen.«

»Yay! Super!«

Ich tippe.

Also gut. Ich bestimme das Programm, du bringst Essen und Alkohol. Um Mitternacht bist du wieder verschwunden.

Pling!

Warum? Verwandelst du dich dann wieder zurück, Cinderella?

Jap.

Daumen hoch

»O Gott! Was habe ich getan?!«

»Das Richtige. Geh ins Bad, mach dich frisch.«

»Helen, mir tut wirklich alles weh.«

»Gibt es keine Salbe dafür? Oder ihr probiert mal was Neues.«

Ich pruste los. »Du bist echt die Härte, Helen. Danke für deine klugen Ratschläge.«

»Sehr gern. Viel Spaß!«

Ich lege auf und schaue Omas Foto an.

Oma, was hast du mir da nur eingebrockt?!

KAPITEL 17

HAI-CHAOS

Eine halbe Stunde später klingelt es an der Tür.

Der kann es ja kaum erwarten. Ich will nicht nervös sein, bin ich aber. One-Night-Stand hin oder her – ich kenne den Kerl eigentlich gar nicht.

Vielleicht hat er dunkle Pläne.

Okay, dann hätte er letzte Nacht die perfekte Gelegenheit gehabt.

Trotzdem war das vielleicht eine superblöde Idee.

Bevor ich die Tür öffne, checke ich mein Spiegelbild. Es hat die gesamte halbe Stunde gedauert, so auszusehen, als hätte ich nichts gemacht. Die dunklen Haare hängen mir offen über die Schultern, auf die Wimpern habe ich etwas Rizinusöl aufgetragen, damit sie glänzen, was meine blauen Augen betont, noch etwas Lip Tint auf den Lippen – weil die nicht verschmiert. Dazu meine dunklen Leggings, in denen ich auch Yoga mache, und meinen weiten, beigen Lieblingspullover. Leger, aber nicht schluffig.

Ich drücke auf die Gegensprechanlage.

»Ja?«

»Hallo, ich bin's: sexy Oma. Ich habe dein Parfüm dabei – und eine super schlechte Filmidee.«

Ich drücke kommentarlos den Öffner und lausche den Schritten im Treppenhaus.

Noch kann ich es mir überlegen. Ich muss ihn nicht reinlassen. Wenn ich ihn einfach draußen stehenlasse … wird er vermutlich im Hausflur übernachten. Allerdings würden meine Nachbarn das nicht so cool finden – auch wenn er nicht nackt wäre.

In dem Moment, als er meine Tür erreicht, öffne ich sie.

Da steht er. Mit einem lässigen Lächeln, einer Tüte Popcorn, Wein und meinem Parfüm.

»Tja, was soll ich sagen? Überraschung!«

Ich schnaube. »Eine Überraschung wäre es gewesen, wenn du es mir doch per Post geschickt hättest. Stattdessen bist du ja förmlich hierhergeflogen. Konntest es wohl kaum erwarten, mich wiederzusehen, was?«

»Ganz genau. Ich habe mich für Expressversand entschieden.« Er grinst breit, seine Augen funkeln gefährlich.

Dagegen komme ich vielleicht nicht an.

Ich verschränke die Arme. »Den Film suche *ich* aus, wenn du dich hier schon selbst eingeladen hast.«

»Ja, okay. Ich habe Snacks dabei.« Er wedelt mit dem Popcorn.

Ich seufze, trete aber trotzdem zur Seite. »Komm rein, bevor die Nachbarn denken, ich bestelle mir jetzt Männer nach Hause.«

Er grinst. »Tu doch nicht so, als wäre ich der Erste.«

»Raus.«

»Schon drin.« Er schließt schnell die Tür hinter sich und steht plötzlich direkt vor mir. Ich muss zu ihm aufsehen. Er ist so groß – und schaut mich an, als hätte er vergessen, dass wir nur einen Film schauen.

Ich wende mich um und gehe voraus ins Wohnzimmer.

»Gemütlich hier«, sagt er. »Aber … du wohnst hier echt allein?«

»Ja.«

»Ich hätte geschworen, du hast mindestens fünf Katzen. Oder einen Wellensittich, der flucht.«

Ich deute aufs Sofa. »Setz dich. Ich hole Gläser für den Wein. Ist das Popcorn süß?«

»Nein, salzig, so wie du.«

Ich reiße ihm die Tüte aus der Hand. »Sehr witzig.«

»Was für einen Film schauen wir denn?«

»Wirst du schon sehen. Nichts mit Haien.«

»Schade. Ich hatte auf *Sharknado* gehofft.«

»Die kenne ich alle schon.« Ich verschwinde in die Küche und atme tief durch.

Okay, Bibi, alles gut.

Er ist nur hier, um einen Film zu schauen.

Und Popcorn zu essen.

Vielleicht auch, um ein bisschen zu flirten.

Aber das heißt noch lange nicht, dass …

Hätte ich mich rasieren sollen?

»Bibi! Dein Netflix-Verlauf ist echt interessant.«

Was?!

Ich gehe zurück ins Wohnzimmer. »Du weißt schon, dass man das nicht macht – in Accounts schnüffeln?«

Er lacht. »So privat also?«

»Irgendwie schon.«

»Zeig mir deinen Account, und ich sag dir, wer du bist.« Er lacht.

»Dann wette ich, du hast nur Pornos in deinem Verlauf.«

Er grinst mich breit an. »Hat es dir so gut gefallen letzte Nacht?«

Mir entfährt ein undefinierbarer Laut, irgendwo zwischen Empörung und Peinlichkeit.

»Das heißt nicht, dass ich dich mag«, sage ich dann.

»Wirklich? Du hast alle romantischen Komödien angeschaut, die es gibt. Du bist insgeheim also eine Romantikerin mit Hoffnung auf die große Liebe.«

Ich schnappe mir die Fernbedienung. »Das geht dich nichts an. Und welche Filme ich schaue, sagt nichts über mich aus.«

»Schon gut.« Er hebt beschwichtigend die Hände. »Dann bin ich gespannt, was für ein kulturelles Highlight wir heute Abend schauen werden.«

»Ich hoffe, du weißt, dass ich dich rausschmeiße, wenn du nervst.«

»Dann nehme ich aber Popcorn und Wein wieder mit. Und das hier.« Er hält den Parfümsprüher hoch.

»Der ist nur für unterwegs. Ich hab noch mehr von denen.«

»Dann kann ich ihn behalten?«

»Warum solltest du das wollen?«

Er zuckt mit den Schultern – und steckt den Sprüher in seine Tasche.

»Her damit.« Ich strecke meinen Arm aus.

So weit kommt es noch, dass er mein Parfüm behält.

Er gibt mir den Sprüher. »Ich rieche es sowieso lieber an dir.«

Werde ich allen Ernstes rot?

Ich bin wirklich eine totale One-Night-Stand-Versagerin. Wir haben schon alle möglichen Sachen miteinander getan. Da ist das hier … weniger peinlich.

Ich setze mich aufs Sofa, schütte das Popcorn in eine Schüssel und schenke uns Wein ein.

Corben lässt sich neben mir nieder, zu dicht.

»Eine Hai-Doku?«, fragt er, als ich auf *Play* drücke.

»Du wolltest doch was mit Haien ansehen.«

»Aber keine Doku. Ich will Action.«

»Ich suche den Film aus, so war es ausgemacht.«

»Eine Doku ist kein Film.«

Seufzend stelle ich auf Stopp. »Okay, dann ein Hai-Film. Nicht *Sharknado*.«

»Meinetwegen. Hätte aber auch ein Liebesfilm sein können, da gibt es ja auch Action.«

»Ein Liebesfilm ist kein Porno.«

»Manche schon.«

O Mann!

Ich suche nicht lange, sondern drücke auf den ersten Vorschlag bei den Hai-Filmen.

Der Film beginnt, die ersten Explosionen dröhnen durch den Raum.

»Toll«, sage ich. »Das ist ja noch schlechter, als ich dachte.«

»Perfekt, oder? Und du schaust es mit jemandem, der das mit dir gemeinsam durchsteht. In der Hinsicht kannst du auf mich zählen.«

Ich drehe den Kopf zu ihm. »Das klingt fast, als hättest du vor, öfter vorbeizukommen.«

Er grinst, nimmt sich eine Handvoll Popcorn und hält mir eins vor den Mund.

»Kommt drauf an …«

»Worauf?«

Er zuckt mit den Schultern und wendet sich wieder dem Film zu.

Eine Weile schauen wir schweigend.

Der Film ist echt hohl. Gefällt ihm so was? Vielleicht hätte ich wirklich einen spicy Liebesfilm anstellen sollen.

»Sag mal, willst du dich nicht langsam anlehnen?«, fragt er plötzlich. »Du wirkst so angespannt.«

Ich runzle die Stirn. »Anlehnen? Woran?«

»An mich.«

Ich schnaube. »Wieso sollte ich das tun?«

Er zuckt mit den Schultern. »Vielleicht, weil du schon die ganze Zeit immer näher an mich heranrutschst?«

Ich richte mich auf. »Tu ich gar nicht.«

»Doch. Ganz klar. Deinen Körper zieht es magisch zu mir. Ist ja auch nicht schlimm.«

Ich verdrehe die Augen. »Davon träumst du nur.«

»Kann sein. War das gestern dann auch nur ein Traum?«

»Du bist echt …«

Er lehnt sich zurück und klopft auf seine Schulter. »Komm schon, ist doch kein Problem. Ich habe eine sehr gemütliche Schulter. Perfekt für Trash-Film-Abende.«

Ich verschränke die Arme. »Als ob ich was zum Anlehnen bräuchte. Ich bin eine unabhängige Frau.«

»Natürlich bist du das. Und ich bin nur ein Typ, der zufällig genau weiß, dass du gerade darüber nachdenkst, ob es vielleicht doch ganz angenehm wäre.«

Ich lache. »Du bist dermaßen von dir überzeugt.«

»Nur ein kleines bisschen. Komm schon.«

»Es geht schon ohne. Aber danke!«

Er grinst und nimmt sich Popcorn. »Ich gebe dir noch zwanzig Minuten. Dann … zack, liegst du halb auf mir.«

»Pfff, niemals.«

»Wollen wir wetten?«

»Nein.«

»Mhm, dann warten wir einfach mal ab.«

Ich starre auf den Bildschirm und versuche, mich auf das Chaos aus explodierenden Autos und schlecht animierten Monstern zu konzentrieren. Aber ich spüre seinen Blick von der Seite.

Er hat natürlich recht. Ich hätte nichts dagegen, mich an ihn zu schmiegen. Er strahlt so eine Wärme aus – aber es wäre falsch, ein falsches Signal. Wir sind nicht zusammen, wir sind kein Paar, wir …

»Na gut«, sage ich. »Aber nur, weil es bequemer ist. Mir tut nämlich alles weh.«

»Alles? Warum denn das?«

Ich sehe ihn an.

»Oh!« Er grinst. »Etwa meinetwegen?«

»Nein, ich habe zu viel Sport gemacht.«

»Heute?«

»Ja, und jetzt pssst.« Ich lehne mich an ihn, und er legt einen Arm um mich. Ganz locker, so, als wäre es das Normalste der Welt. Und auch wenn ich es nicht wollte, muss ich zugeben – es fühlt sich sehr gut an.

Sein Duft mischt sich mit dem Geruch von Popcorn, seine Wärme strahlt durch meinen Pulli, und als eine völlig überzogene Kampfszene auf dem Bildschirm explodiert, lachen wir gleichzeitig los.

»Das ist so schlecht«, murmle ich.

»Absolut.«

Und dann … kommt eine Szene im Film, die absolut keinen Sinn ergibt.

Ein Hai springt aus einem brennenden Helikopter.

Ich kichere. Corben schüttelt nur den Kopf.

»Ein perfekter Abend, oder?«, fragt er.

Ich öffne den Mund, um etwas Schlagfertiges zu entgegnen, aber dann überlege ich …

Mein perfekter Abend?

Guter Film? Nope.

Guter Wein? Na ja, geht so.

Gute Gesellschaft?

Ich drehe den Kopf zu Corben.

Mist.

»Sag einfach nichts«, erwidere ich.

Er grinst. »Weil ich recht habe?«

»Verdirb es nicht«, warne ich ihn.

Er lehnt sich näher, sein Blick ist herausfordernd, sein Gesicht nur ein paar Zentimeter von meinem entfernt.

Mein Herz klopft schneller.

Nein. Nein, nein, nein. Das hier ist nur ein Filmabend. Mehr nicht.

Ich drehe den Kopf zurück zum Bildschirm und räuspere mich. »Jetzt halt den Mund, wir haben noch eine Stunde Hai-Chaos vor uns.«

»Mhm«, macht er nur.

Aber ich spüre sein Grinsen.

Und ich hasse es.

Weil ich weiß, dass er genau weiß, dass ich das hier verdammt noch mal genieße.

KAPITEL 18

DER NICHT JUGENDFREIE TEIL

Der Film ist vorbei. Oder eher: endlich vorbei.

»Ich glaube, ich habe jetzt für die nächsten zehn Jahre genug Haie gesehen«, sage ich und strecke mich.

Corben lacht. »Tja, es gibt einige Fortsetzungen.«

»Wenn du noch mehr Trash-Horror vorschlägst, fliegst du raus.«

»Okay, dann bleibe ich gerne hier.« Er zwinkert.

»Nein, das war keine Einladung.«

»Klang aber wie eine. Eine, an die Bedingungen geknüpft sind, aber eine Einladung. Dafür verzichte ich gerne auf Trash-Horror. Du magst das nicht, schon verstanden.«

Ich verdrehe die Augen und nehme die leere Popcorn-Schüssel. »Es sind die schlechten Effekte und Dialoge, die ich nicht mag.«

»Klar, du stehst auf andere Sachen.« Er lehnt sich zurück und streckt sich. Sein Shirt rutscht dabei ein Stück nach oben, und ich ... starre wieder hin. Nur ganz kurz. Und trotzdem: Mist.

»Willst du noch was trinken?«, frage ich zur Ablenkung.

»Gern.«

»Wasser, Bier oder was anderes?«

»Überrasch mich.«

Ich verschwinde in die Küche. Mein Herz schlägt schneller, als es sollte.

Es fühlt sich beinahe normal an. Ein Filmabend, ein bisschen flirten, ein bisschen zu viel Nähe ... Er hat etwas an sich, das mich anzieht.

Mit zwei Gläsern Wasser gehe ich zurück ins Wohnzimmer. Corben steht vor dem Regal und hat das Foto von Oma und mir in der Hand.

»Das ist sie also?«, fragt er, hält das Bild hoch und schaut mich gespielt ernst an. »Die Frau, die uns zusammengebracht hat?«

»Zusammengebracht? Wir sind nicht zusammen.«

»Es gibt ja mehrere Wege, zusammenzukommen.«

Ich rolle mit den Augen. »Witzig.«

»Sie sieht echt nett aus. Denkst du, sie hätte mich gemocht?«

Ich schnappe mir das Bild und stelle es zurück an seinen Platz. »Definitiv nicht.«

Er legt eine Hand auf sein Herz. »Autsch. Jetzt bin ich verletzt.«

»*Sie* hättest du mit deinem Charme nicht herumgekriegt.«

»Bibi, ich kriege *dich* mit meinem Charme herum. Warum dann nicht auch deine Oma?«

»Nein, sie wäre stärker als ich.«

»Moment mal … du gibst also zu, dass mein Charme bei dir wirkt?«

Ich zucke betont gleichgültig mit den Schultern. »Hast du doch letzte Nacht gemerkt. Ganz ohne Charme läuft bei mir nichts.«

Er tritt näher. Und plötzlich ist die Luft zwischen uns ein kleines bisschen aufgeladener als vorher.

»Und wirkt so ein Charme zweimal bei dir?«

»Du hast vielleicht Nerven.« Ich gehe zum Sofa und setze mich, während er noch stehen bleibt. Warum klopft mein Herz so schnell?

Ich greife nach einem Kissen und werfe es nach ihm. Er fängt es blitzschnell auf.

»Uh, Angriff? Willst du mir damit etwas sagen?«

»O ja, eindeutig. Dass du dich langsam verabschieden solltest.«

Er bleibt stehen. »Soll ich?«

Die Frage kam … unerwartet.

»Wäre vermutlich besser«, erwidere ich leiser. Mein Herz klopft schon wieder viel zu schnell.

Klack.

Was war das?

»Das Bild ist umgefallen«, sagt Corben. »Das ist ein Zeichen. Deine Oma will nicht, dass ich gehe.«

»Oder sie hat sich umfallen lassen, weil sie das hier nicht mit ansehen kann.«

Er lacht und setzt sich neben mich, rückt ganz nah an mich heran.

»Das ist dann wohl das Stichwort, zum nicht jugendfreien Teil überzugehen.«

»Du bist echt …« Ich weiß nicht, was ich sagen will. Leider verrät mein Grinsen mich.

Corben nimmt es anscheinend als Aufforderung und kommt noch ein Stück näher, seine Augen funkeln, als würde er auf meine Antwort warten.

»Also, Bibi? Soll ich gehen oder bleiben?«

Ich öffne den Mund, aber mein Hirn hat offensichtlich abgeschaltet.

Und dann passiert es.

Er hebt die Hand und streicht mir eine Haarsträhne hinters Ohr. Ganz langsam. Ganz beiläufig.

»Das hier ist echt ein seltsamer Zufall«, sagt er leise. »Alles … auch, dass wir uns heute begegnet sind. Findest du nicht?«

»Ja … vermutlich.« Meine Stimme klingt rau.

»Oder … Schicksal?«

Er beugt sich vor.

Ich müsste irgendwas tun. Irgendwas sagen. Oder … mich wegdrehen.

Aber das tue ich nicht.

Seine Lippen legen sich auf meine.

Warum fühlt sich das so gut an?

Wir sollten auf keinen Fall schon wieder …

Aber doch tun wir es …

KAPITEL 19

WIE EIN VERDAMMTER NINJA

Okay, so war das nicht geplant. Aber es fühlt sich verflixt gut an.

Wir stehen im Wohnzimmer, küssen uns – warm, fordernd, genau richtig.

Ich könnte ihn wegschieben. Wirklich!

Also … zumindest theoretisch.

Aber jetzt sind wir eh schon wieder mittendrin. Ich kann ihn ja morgen wegschieben.

Morgen.

Hoffe ich.

Ein Kribbeln zieht über meinen Rücken, als Corben seine Hände über mich gleiten lässt. Ich schließe die Augen, verliere mich kurz in diesem Moment.

Das hier endet wie letzte Nacht. Und ist ja auch halb so wild, oder?

Wir haben ja gestern schon … noch nicht so lange her. Ist quasi nur die Fortsetzung. Zählt immer noch zum One-Night-Stand. Night – das muss man ja nicht wörtlich nehmen.

Corben atmet gegen meine Lippen. »Schlafzimmer?«

Ich nicke kaum merklich, er soll mich weiterküssen.

Ein Seufzen entweicht mir, als ich seine Unterlippe leicht zwischen meinen Zähnen spüre.

Er grinst gegen meinen Mund. »Ich dachte, das passiert nie wieder.«

Ich öffne kurz die Augen, sehe ihn an. Soll ich ihn doch jetzt sofort wegschieben?

Nein. Dafür ist das hier viel zu gut.

»Halt den Mund, sonst überlege ich es mir noch mal …«, sage ich.

Er lacht leise. Mein Herz schlägt so heftig, dass es in meinen Ohren rauscht. Ohne nachzudenken greife ich nach seiner Hand und ziehe ihn mit mir durch den Flur ins Schlafzimmer.

Dort ist es dunkel, nur das schwache Licht vom Flur schimmert herein. Kaum drinnen, drückt Corben mich gegen die Wand.

Ich schnappe nach Luft.

Dass sich das so gut anfühlen kann …

Das hier ist mehr als Herumknutschen.

Das hier ist Feuer.

Das hier ist wild. Verdammt wild.

Corben lehnt sich leicht zurück, seine Stimme ein kaum hörbares Flüstern. »Soll ich immer noch gehen?«

Nein. Nein!

Er wendet sich dem Bett zu, sein Grinsen spüre ich sogar im Dunkeln. Er wartet darauf, dass ich es sage. Aber ich kann nicht.

Meine Gedanken rasen. Ich bin nicht der Typ für so was. Ich bin nicht der Typ für …

Scheiß drauf! Ich will das jetzt.

In einem Anflug wilder Leidenschaft tue ich es einfach. Ich springe ihm in die Arme – so zumindest der Plan.

Er soll mich auffangen – eigentlich.

Aber …

Corben wankt.

Wir taumeln, stolpern nach hinten und fallen. Corben gibt unter mir nach.

Es gibt ein dumpfes Geräusch. War das sein Kopf?

Dann …

Stille.

Ich liege halb auf ihm.

Mein Herz rast.

Ich taste nach dem Schalter über dem Nachttisch und schalte das Licht ein.

Corben ... bewegt sich nicht mehr. Seine Stirn blutet.

Panik schießt durch meinen Körper. Schnell rutsche ich von ihm runter, mein Blick haftet auf seinem reglosen Gesicht.

»Corben? Hallo?«

Keine Reaktion.

ER IST TOT!

Ich habe ihn umgebracht.

»Corben! Verdammt, wach auf! Das ist doch jetzt nicht dein Ernst?! Du verarschst mich doch.«

Ich rüttele vorsichtig an seinen Schultern. Nichts.

O Mist!

Ich wollte doch nur in seine Arme springen, ihm näher sein. Aber nicht ... ihn umbringen!

Habe ich ihn umgebracht?

Komme ich dafür ins Gefängnis? Auch, wenn es ein Versehen war? Ein Unfall?

Mein Herz hämmert.

Handy! Ich brauche mein Handy. Jetzt.

Ich springe auf, renne ins Wohnzimmer, reiße das Handy vom Tisch und tippe mit zitternden Fingern eins-eins-zwei.

»Notrufzentrale, was ist Ihr Notfall?«

Keuchend renne ich zurück ins Schlafzimmer. »Ähm … mein Freund – also ein Freund – liegt hier am Boden und … er bewegt sich nicht mehr!« Hastig rattere ich meine Adresse runter.

»Okay, bleiben Sie ruhig. Was genau ist passiert?«

Ich starre auf Corbens reglosen Körper.

Ruhig bleiben? RUHIG BLEIBEN?!

»Also, ähm, wir waren … also wir haben … na ja …«

Wo soll ich anfangen? Die ganze Geschichte wäre jetzt zu kompliziert, oder?

»Ich … äh … ich hab ihn angesprungen, und er ist umgefallen.« Okay, so in etwa war es.

Stille am anderen Ende der Leitung. War das zu viel Information?

»Sie haben ihn angesprungen?«

»Ja. Nicht mit Absicht … oder doch, irgendwie schon, aber … ist ja jetzt egal! Er hat sich den Kopf gestoßen. Und jetzt liegt er da und bewegt sich nicht mehr.«

»Okay, ganz ruhig. Atmet er noch?!«

O Gott, atmet er noch?!

Ich knie mich hastig zu ihm, mein Puls rast. Corben, wenn du jetzt tot bist, dann … dann … dann keine Ahnung.

Ich starre ihn an, beobachte – da, seine Brust hebt und senkt sich.

»Ja, er atmet noch.«

»Gut, es ist bereits jemand zu Ihnen unterwegs.«

Nachdem ich aufgelegt habe, komme ich mir so hilflos vor. Was, wenn er doch noch aufhört zu atmen? Kann ich noch was vom Erste-Hilfe-Kurs? Stabile Seitenlage, Herzdruckmassage, Mund-zu-Mund-Beatmung?

Corben regt sich immer noch nicht. Könnte er jetzt noch sterben? Hat er innere Verletzungen? Das ist ein Albtraum.

Ob ich ihn aufwecken kann? Rütteln? Ihm ins Gesicht pusten? Einen Zauberspruch murmeln?

Ich entscheide mich für die pragmatische Lösung: Panik.

»Corben, es tut mir so, so leid. Bitte stirb nicht. Du hättest die ganze Nacht bleiben dürfen und müsstest dich nicht im Hausflur anziehen.« Ich rüttele an seinem Arm.

Doch seine Augen bleiben geschlossen.

Das kann doch nicht wahr sein.

»Corben, bitte wach auf.«

Wieder nichts.

Atmet er noch? Sein Atem geht flacher, seine Brust hebt und senkt sich nicht mehr so stark …

»Bibi«, murmelt er plötzlich mit heiserer Stimme.

Mein Herz macht einen Hüpfer. Ich habe es nicht vergeigt. Oder doch?

»Corben! O mein Gott! Du lebst!«

Er blinzelt mich verwirrt an. »Natürlich lebe ich. Was … was ist denn passiert?«

»Du bist umgefallen.«

Das ist keine Lüge.

»Wie … was … Du bist auf mich draufgesprungen wie ein verdammter Ninja.«

Dass er sich daran erinnern kann, nehme ich als gutes Zeichen … trotzdem Mist.

»Sorry!«

»Was sollte das denn werden?« Er ist sauer. Natürlich ist er sauer.

Ich starre ihn an, presse die Lippen aufeinander und strecke meine Schultern durch. »Normalerweise fangen mich die Männer auf, wenn ich das tue.«

Er runzelt die Stirn. »Ich sollte dich auffangen?«

»Ja, so funktioniert die Ninja-Nummer. Du bist doch groß und stark und … du wirkst so stabil.«

Corben richtet sich langsam auf und verzieht das Gesicht.

Autsch.

»Ähm … also … keine Panik, der Notarzt ist unterwegs.«

»Was?!« Er schnappt nach Luft und sieht mich an, als hätte ich gerade gesagt, ich hätte sein Auto verkauft.

»Ich dachte, du wärst tot.«

Er schaut mich an.

Lange.

Sehr lange.

Dann schüttelt er langsam den Kopf, als würde er innerlich mit einer höheren Macht diskutieren.

»Bibi. Du hast mich umgenietet und dann gleich den Notarzt gerufen?!«

»Ja. Ich wollte nicht, dass du meinetwegen stirbst. Also, du sollst gar nicht sterben … Ich hab's nicht absichtlich getan.«

»Ich hab mir nur den Kopf gestoßen, keinen Genickbruch!«

»Dem Geräusch nach hätte es aber einer sein können. Und das da sieht auch nicht gut aus.« Ich deute auf seine Stirn.

Er fährt sich darüber, betrachtet die blutverschmierte Hand und zuckt zusammen. »Okay … das sieht schlimmer aus, als es sich anfühlt … glaube ich.«

Ich beiße mir auf die Lippe. »Also … vielleicht werden sie dich nähen müssen.«

Er schaut mich ernst an.

Ich will nicht, dass er sauer auf mich ist.

Dann seufzt er. »Weißt du was? Wenn das bedeutet, dass du heute Nacht auf mich aufpasst, war es das vielleicht wert.«

»Bitte was?«

So weit habe ich gar nicht gedacht. Aber stimmt, ich kann ihn schlecht so nach Hause schicken.

»Vielleicht musst du ja ins Krankenhaus.«

»Hoffst du das wohl?«

»Wenn es das Beste für dich ist.«

Es klingelt. Endlich.

Der Notarzt. Das wäre eine Situation für diese Blaulicht-Reportagen. Ob die mit Kamera hier sind? Würde mich nicht wundern. Mein Leben ist offiziell ein einziger Trash-Film.

KAPITEL 20

DANKE, SCHATZ!

»So, das haben wir gleich.« Der Notarzt setzt das Klammerpflaster auf Corbens Stirn und klopft ihm auf die Schulter. »Sie hatten Glück. Eine Gehirnerschütterung ist nicht auszuschließen, aber ich denke, Sie werden überleben. Und das hier heilt auch schnell.« Er deutet auf die behandelte Wunde. »Wenn Ihnen übel wird oder Sie sich sonst irgendwie komisch fühlen, gehen Sie morgen lieber noch mal zum Arzt.« Der Arzt schaut zu mir.

Mir ist das so unfassbar peinlich. Wir sind zwar nicht mehr im Schlafzimmer, aber die Blicke, als er Corben da so liegen sah, sprachen Bände.

»Das nächste Mal vielleicht etwas weniger wild.« Jetzt zwinkert der Arzt mir auch noch zu.

»Nicht, dass wir uns hier zur Dauerversorgung einfinden müssen.«

Corben grinst und lehnt sich entspannt zurück. Das Pflaster auf seinem Kopf … o mein Gott. »Ja, so sind sie, die Frauen … hauen einen einfach um.«

Einer der Sanitäter – ein älterer Mann mit Schnurrbart – schnaubt. »Hatte ich auch mal. Fängt mit Leidenschaft an, endet mit einem Krankenhausaufenthalt … und dann mit der Scheidung.«

»Was?!« Ich schaue ihn entsetzt an.

Er zuckt mit den Schultern. »Tja. Sie hat damals allerdings nicht *mich* auf den Boden geworfen, sondern mein Motorrad. Dabei schwöre ich, dass ich nichts mit ihrer besten Freundin hatte … ach, ist lange her.«

Corben wirft mir einen Blick zu. »Ich hoffe, Bibi macht's besser. Das nächste Mal warnst du mich vorher, Schatz, ja?«

Ich will sterben.

Der Notarzt räuspert sich und schaut wieder zu mir. »Er sollte heute Nacht besser nicht allein bleiben. Falls doch noch Symptome einer Gehirnerschütterung auftreten. Behalten Sie ihn ein bisschen im Auge. Kümmern Sie sich gut um Ihren Freund.«

Freund?!

Ich will protestieren. Ihm erklären, dass Corben definitiv nicht mein Freund ist. Dass das hier eine komplett verrückte Verkettung von Ereignissen ist. Dass wir uns eigentlich kaum kennen. Dass das hier ein … ja … sehr spontaner Unfall war.

Aber wie viel peinlicher soll das jetzt noch werden?!

Damit wäre ich wohl für immer Gesprächsthema, wenn sich Notfallsanitäter Geschichten über ihre kuriosesten Einsätze erzählen: *Da war doch diese Frau, die ihren One-Night-Stand nicht mehr losgeworden ist und ihn in der nächsten Nacht ausgeknockt hat, als sie auf ihn gesprungen ist.*

»Äh … ja, klar«, sage ich leise. »Ich kümmere mich um ihn.«

Corben lächelt. »Danke, Schatz. Und tut mir leid, dass heute vermutlich nichts mehr geht …«

Ist er denn des Wahnsinns?!

Ich werde ihn doch noch umbringen.

Der Notarzt nickt zufrieden. »Ja, vermutlich nicht. Aber es ist alles halb so wild. Falls doch irgendwas sein sollte, rufen Sie uns einfach noch mal an. Und keine waghalsigen Sprungattacken mehr, okay? Sanfter …« Das war eindeutig an mich gerichtet.

Aahh.

Ich nicke brav, während Corben sich ein Lachen verkneift.

Die Sanitäter packen ihre Sachen zusammen, und als die Tür hinter ihnen ins Schloss fällt, grinst Corben schon wieder. »Sanfter, Schatz, hast du gehört?«

»Übertreib es nicht …«

»Also … du kümmerst dich um mich, Schatz? Rundumservice mit Tee, Massage und Streicheleinheiten?« Corben lehnt sich auf dem Sofa zurück und richtet sich anscheinend schon mal gemütlich hier ein.

Dieser Kerl!

»Ich sorge nur dafür, dass du nicht in meiner Wohnung stirbst«, brumme ich.

Er lacht. »Ich wusste ja nicht, dass du so besorgt um mich bist, Bibi.«

»Nicht besorgt. Ich habe nur keine Lust, morgen früh mit einer Leiche in meiner Wohnung aufzuwachen.«

»Dann kannst du mich einfach aus dem Fenster werfen. Niemand wird wissen, wo ich vorher war.«

»Das ist nicht lustig.«

Sein Gesicht wird ernster. »Okay. Hab verstanden. Du beschränkst dich auf lebensrettende

Maßnahmen.« Er legt eine Hand auf seine Brust und sieht mich gespielt gerührt an. »Und weißt du, was das Beste an der ganzen Sache ist?«

»Dass du noch lebst? Wobei ich mir nicht sicher bin, wie lange noch.«

»Ja, das natürlich auch.« Er deutet auf seine Stirn. »Aber vor allem habe ich jetzt einen guten Grund, länger hierzubleiben.«

»Warum bist du denn so scharf darauf?«

Er zuckt mit den Schultern. »Vielleicht bin ich einsam.«

Ich gebe ein Grunzgeräusch von mir. »Toll. Ein Parasit, um den ich mich kümmern soll, ohne dass ich selbst etwas davon habe.«

Dieses unverschämte Grinsen.

Bevor er noch etwas Anzügliches erwidert, greife ich nach seiner Hand und ziehe ihn hoch. »Und damit das schnell vorbeigeht – jetzt ab ins Bett.«

»Bibi, das ist das Romantischste, das du heute gesagt hast.«

Ich verdrehe die Augen. »Du schläfst. Und wehe, du kotzt mir ins Bett.«

Er legt eine Hand auf sein Herz. »Klar. Ich versuche, es nicht zu tun. Aber wenn doch, wäre es deine Schuld. Das ist dir klar, oder?«

Ich seufze. »Geh schon mal ins Bett. Ich putze noch Zähne.«

»Und ich? Hast du keine Gästezahnbürste?«

»Eine Gästezahnbürste? Benutzt von verschiedenen Leuten? Nein, aber ich habe gerade meinen Bürstenkopf gewechselt. Den alten kannst du haben.«

Er lacht. »Oder du gibst mir einfach auch einen neuen.«

»Vielleicht habe ich doch noch eine unbenutzte Notfallzahnbürste. Dann beweg deinen verletzten Schädel mal ins Badezimmer. Zähne putzen – und dann schlafen wir, bevor ich dich doch noch endgültig K. O. schlage.«

KAPITEL 21

EIN VÖLLIG NORMALER ABEND

»Wahnsinn, oder? Ich meine, das hier ist jetzt schon so was wie eine Beziehung.«

Ich drehe mich mit erhobener Braue zu Corben um, während ich mir Zahnpasta auf die Bürste drücke. »Was?«

Er lehnt sich lässig mit dem Ellbogen gegen den Türrahmen, grinst frech und schiebt sich die Zahnbürste in den Mund, die ich ihm gegeben habe. »Na ja, du weißt schon. Wir putzen gemeinsam Zähne, gehen dann ins Bett, schlafen Rücken an Rücken ein … kein Sex – also ein ganz normaler Abend in einem deutschen Haushalt.«

»Witzbold.«

»Tja, Bibi, finde dich damit ab, die heiße Phase ist vorbei. Wir sind jetzt offiziell ein altes Ehepaar.

Fehlt nur noch, dass du mich morgen früh mit Kaffee weckst und meckerst, weil ich den Müll nicht runtergebracht habe.«

Ich muss lachen. »Wow! Hast du dieses Rollenmodell aus den Fünfzigern? Sorry, das mit dem Kaffee ist dein Job. Der Müll natürlich auch. Wenn schon, dann richtig. Und …« Ich überlege kurz. »Damit das hier perfekt wird, setze ich jetzt auch noch meine Schlafmaske auf.«

»Gerne. Alles, was unsexy ist, ist definitiv erlaubt.«

»Du bist so bescheuert.«

»Nein, konsequent. Nicht, dass ich doch noch in Versuchung komme.«

Ich rolle mit den Augen. »Wehe, du versuchst was, dann trete ich dich.«

»Böses Mädchen. Was hast du an *sanft* nicht verstanden? Da tun sich ja Abgründe auf, Bibi.«

Ich grinse. »Ja, gehört sonst zum Vorspiel dazu, aber du musstest ja gleich in Ohnmacht fallen.«

Er lacht. »Ich merke schon, da hab ich mir was angelacht. *Shades of Bibi*, ich bin verloren.«

Ich lege meine Zahnbürste ab und spüle aus. Er stellt sich direkt neben mich. Wirklich wie ein altes Ehepaar.

»Also, gehen wir?«, fragt er dann. »Ab ins Bettchen, Schatz.«

»Übertreib es nicht.« Ich boxe ihn leicht gegen die Schulter.

»Fürsorge, Schatz!«

Ich wende mich ab und gehe ins Schlafzimmer.

»Du hast deine Maske vergessen«, ruft er mir hinterher.

»Nein, hab es mir anders überlegt.« Ich lege mich ins Bett.

Corben schließt die Tür hinter sich. Dann legt er sich neben mich.

»Teilen wir die Decke?«, fragt er.

»Müssen wir. Ich habe nur eine.«

»Oh, ganz schön romantisch. Nun … dann doch Löffelchen?«

»Was?!«

»Na ja, was, wenn was mit mir ist? Dann spürst du es sofort, weil wir uns so nah sind. Da du mich quasi vor dem Tod gerettet hast, bist du jetzt für mich verantwortlich.«

»Wie bitte?«

»Ist eine uralte Weisheit.«

»Und wie soll Löffelchen dabei helfen?«

»Was hilft besser gegen ein Trauma als ein bisschen Körperkontakt? Das Kuschelhormon baut außerdem Stress ab. Und ich fühle mich nach diesem Unfall sehr gestresst.«

»Löffelchen als Therapie?«

»Absolut.«

Mein Nacken kribbelt. Ob Corben merkt, dass er bei mir die richtigen Knöpfe drückt? Ein bisschen fühle ich mich wie in einem dieser Regency-Romane, in denen die Heldin gezwungen wird, einen ultraheißen Lord zu heiraten und mit ihm im Bett zu liegen. Corben ist zwar kein Lord, aber verflixt heiß. Irgendwie mag ich seine Hartnäckigkeit. Das darf ich ihm bloß nicht so offen zeigen.

Mal sehen, wohin das hier führt.

Ich seufze und drehe mich demonstrativ zur Seite. »Na schön, dann komm her.«

Er zögert keine Sekunde und schon spüre ich ihn an meinem Rücken.

Da liegen wir also. Aneinander gekuschelt. Und ja, ich muss zugeben, dass es sich toll anfühlt.

»Du hast dir echt Sorgen um mich gemacht, mmm?«, flüstert er. Seine warme Stimme kitzelt meinen Nacken und jagt Schauer meinen Rücken abwärts.

»Bisschen.«

»Das war mehr als ein bisschen. *O mein Gott, Corben, wach auf!*« Er imitiert meine Stimme völlig übertrieben.

Ich knuffe ihn mit dem Ellbogen. »Halt die Klappe. Wie ich schon sagte, ich will keine Leiche in meiner Wohnung. Das gibt schlechte Schwingungen.«

Er lacht leise. »Gib ruhig zu, dass dir was an mir liegt.«

Ich seufze. »Okay, es war auch gruselig, wie du da so lagst. Wie ein toter Käfer.«

Er prustet los, und ich kichere mit.

»Meine Oma hätte sich schlappgelacht, wenn ich ihr davon berichtet hätte.«

Er wird einen Moment lang still. »Sie hatte Humor, oder?«

»Ja. Sie war die Beste. Immer für einen Spruch zu haben. Selbst in den peinlichsten Momenten. Sie fehlt mir echt ziemlich.«

Sanft tastet Corbens Hand nach meiner. Sein Daumen streicht über meine Handfläche, während sich unsere Finger verwoben halten. Eine kleine Geste. Aber sie tut gut.

»Was ist denn passiert?«

»Ein Herzinfarkt«, sage ich und schlucke.

»Tut mir leid.«

»Ja, mir auch. Sie war beim Einkaufen. Der Wagen war voll. So schnell kann es gehen.«

»Leider.«

»Sie hat immer gesagt, man soll den Tag nutzen, sich nicht unterkriegen lassen. Und sie war überzeugt, dass selbst *ich* irgendwann einen Deckel finde.«

Seine Finger lösen sich aus meinen und zeichnen kleine Kreise auf meinen Arm. Meine Haut kribbelt. Die Luft zwischen uns verändert sich erneut, wird dicker, wärmer.

»Irgendwie freue ich mich, dass du mich umgehauen hast.«

Ich lächle. »Das ist das Romantischste, was du heute gesagt hast.«

Er lacht leise. »So bin ich. Romantiker durch und durch.«

»Corben?«

»Ja?«

Ich drehe mich um, und plötzlich sind unsere Gesichter einander sehr nahe. Sein Blick wandert zu meinem Mund.

»Tut es arg weh?«

»Nein, alles gut.«

»Okay.«

»Warum fragst du?«

»Nur so.«

»Du sorgst dich um mich.«

»Was? Nein … ich frag mich nur …«

»Ob du mich küssen darfst?«

Ich lache leise. »Du bist so ein Idiot. Selbst wenn … wir dürfen nicht. Verbot vom Arzt.«

»Er hat nur gesagt, wir dürfen nichts Wildes machen. Worauf du offensichtlich stehst.«

»Nein, tue ich nicht. Das war doch nicht wirklich wild.«

»Dein Gesicht sah aber wild aus. Und letzte Nacht …«

»Das ist mein Standard«, behaupte ich.

»Ah, gut zu wissen. Mir hat es gefallen. Sehr sogar.«

»Mir auch, aber … das ist normalerweise nicht mein Stil.«

»Das Wilde?«

»Nein – doch. Ich meine so ein One-Night-Stand. Ohne Gefühle.«

»Da sind allerdings noch mehr Dinge, die du noch nie getan hast, aber gern mal probieren würdest, wenn ich mich richtig erinnere.«

Ich stöhne. Er spielt auf unseren Chat an. Wie konnte ich ihm solche Sachen schreiben?

»Du stehst also auf Fesseln«, sagt Corben.

»Das habe ich nicht gesagt. Ich würde es gern mal probieren. Hast du schon mal …?«

»Sag ich dir nicht.«

Ich rutsche hin und her. Das Gespräch macht mich ganz unruhig.

»Das habe ich noch nie jemandem erzählt«, flüstere ich.

Er hebt den Kopf ein bisschen. »Wie stellst du es dir denn vor? Fifty Shades oder ... Cowboy.«

»Cowboy.« Ich lache auf. »So mit Lasso und allem?«

»Zum Beispiel.«

»Klingt aufregend.«

»Okay, merke ich mir.«

Er will es sich merken. Mein ganzer Körper kribbelt. Zu dumm, dass er angeschlagen ist.

»Bibi, du überlegst schon wieder. Küssen oder nicht?«

»Kannst du Gedanken lesen?« Ich rücke etwas von ihm ab. »Aber ich halte mich an Regeln.«

Corben rutscht wieder näher. »Regeln fürs Bett. Das macht mich jetzt aber ziemlich an.«

Mist.

Er riecht so gut. Sein Mund ist so nah.

Egal. So ein bisschen Herumknutschen kann doch nicht schaden ...

Ich küsse ihn.

Und dann ... ist es zu spät.

KAPITEL 22

TOLLE SCHLAGZEILE!

Als ich die Augen aufschlage, brauche ich ein paar Sekunden, um mich zu orientieren und alles in meinem Kopf zusammenzufassen.

Corben, bei mir. Netflix. Hai-Film. Die Nähe. Schlafzimmer. Ninja-Sprung. Notarzt … und dann …

Wir haben uns gegen ärztlichen Rat nicht zurückgehalten.

Und es war verflixt gut.

Sofort kribbelt mein ganzer Körper. Langsam drehe ich mich um.

Und … ja, da liegt er.

Corben schläft tief und fest. Hoffentlich. Atmet er noch? Vielleicht war das doch zu viel. Aber abgesehen von dem Pflaster auf seiner Stirn, das größtenteils von Haaren verdeckt wird, wirkt er ganz normal.

Ich richte mich ein Stück auf und beuge mich näher zu ihm.

Es geht ihm gut, oder?

Lieber auf Nummer sicher gehen. Immerhin soll ich auf ihn aufpassen.

Ja, hat super geklappt.

Auch die Sache mit dem Sanftsein … Mist.

Ich beuge mich noch näher zu ihm.

Atmet er?

Ich tippe ihn an. »Corben?«

Keine Regung.

Ich schüttle ihn sanft. »Hey, Corben.«

Warum wird er nicht wach?

Mein Herz setzt für eine Sekunde aus.

Was, wenn er doch eine Gehirnerschütterung hatte? Was, wenn es zu viel war. Habe ich ihn … totgevögelt?

Frau bringt Mann im Bett um – aber es war ein Unfall, schwört sie.

Tolle Schlagzeile!

Okay, jetzt geht meine Fantasie mit mir durch.

»Corben, mach keinen Scheiß!« Ich rüttele an seiner Schulter.

Und dann – natürlich – grinst dieser verdammte Mistkerl plötzlich.

»Du bist wirklich unersättlich«, murmelt er.

»Was …? Nein, ich habe mir Sorgen gemacht.«

»Bist du immer so süß aufgeregt am Morgen, oder ist das hier mein Special-Treatment?«

»Warum mache ich mir überhaupt Sorgen um dich?« Ich schnappe mir das Kissen und haue es ihm mit voller Wucht auf den Kopf.

Er lacht und dreht sich auf die Seite. »Das macht es natürlich besser für meinen Schädel.«

»Mann, ich dachte, du atmest nicht mehr.«

»Sorry, ich bin einfach ein sehr entspannter Schläfer.«

»Dummi.«

»Dummi?«

»Ja!«

Er grinst. »Du hast doch nur Angst gehabt, dass du nie wieder so eine heiße Nacht haben wirst.«

Ich pruste los. »Na, soooo heiß war's jetzt auch nicht.«

Lüge!

Corben grinst breit. »*O Corben, ja. Das hab ich noch nie gemacht.*«

Mein Gesicht wird heiß. Schnell schnappe ich mir noch mal das Kissen und haue es ihm erneut über den Kopf.

»Hier, dann vergisst du ganz schnell wieder, was ich eventuell gesagt habe.«

»Ach, du musst dich nicht schämen.« Er zwinkert. »Ich fand's auch gut.«

»Gut, dann wäre das geklärt. Und … weil du lebst, kannst du jetzt wieder nach Hause gehen.«

Er zieht sich die Bettdecke bis zur Brust hoch, als würde er sich genieren. »Du hast mich nur benutzt.«

»Du hast es erfasst. War schön mit dir, aber jetzt hat es ein Ende.«

»So schade. Dabei hatte ich heute noch so einiges mit dir vor.«

»Corben!«

»Ich meine, so ein Sonntag im Bett wäre doch schön … und wenn du zufällig ein Lasso dahast …«

Dieser Kerl!

Ich muss lachen. Was hat er nur an sich?

Er lehnt sich zurück und verschränkt die Arme hinter dem Kopf. »Also? Mein Angebot steht.«

Was hält mich ab?

Wie er so daliegt. Er könnte diese eine Sache noch mal machen …

Stopp, Bibi!

Nein.

»Tut mir leid, aber das geht nicht«, sage ich. »Zumindest nicht den ganzen Tag.«

»Höre ich da ein kleines *Ja*?«

Hitze schießt durch meinen Körper. »Ich besuche sonntags immer Omas Grab.«

Unsere Blicke treffen sich.

Er wird kurz ernst. »Oma. Das verstehe ich.« Langsam setzt er sich auf. »Na gut, ich ziehe mich mal an.« Und dann steht er einfach auf.

Nackt.

Ich blinzele.

»Oh …«

Er dreht sich um. »Oh?«

»Du bist nackt.«

»Natürlich bin ich das. Du übrigens auch.«

»Oh!«

Wo er recht hat, hat er recht.

Aber ich habe die Decke um mich herum gewickelt.

»Ist das ein Problem?«, fragt er und lässt seine Hüften kreisen.

»Nein. Also … ähm … was tust du da?«

»Das nennt man den Tornado.«

Ich lache los. »Du bist einfach nur verrückt.«

Er lacht. »Nach dir.«

Unsere Blicke treffen sich.

Hat er das jetzt wirklich gesagt?

Mir ist so heiß, dass ich am liebsten die Decke von mir werfen will. Aber wie das enden würde, weiß ich.

»Spinner.« Ich stehe auf – die Decke noch immer um mich gewickelt. »Zieh dir was an. Willst du einen Kaffee?«

»Ja, Kaffee klingt gut. Und eine Dusche. Ist das okay?«

»Tu, was du nicht lassen kannst. Handtücher sind im Schrank.«

»Perfekt.« Er geht zur Tür, bleibt dann aber im Türrahmen stehen, dreht sich noch einmal um und grinst mich an. »Mit Milch und Zucker, Schatz.«

»Sag nie wieder Schatz.«

»Okay. Bibi-Schatz.«

Ich werfe wieder das Kissen nach ihm. »Geh duschen! Jetzt!«

Er lacht, hebt die Hände und verschwindet im Bad.

Ich lasse mich zurück auf das Bett fallen.

Was passiert hier?!

KAPITEL 23

WAS DENN JETZT?!

Das Wasser in der Dusche prasselt, die Kaffeemaschine blubbert.

Sonntagmorgen, und da steht ein Kerl unter meiner Dusche, den ich kaum kenne – und mit dem ich zwei heiße Nächte hatte.

Oma, du würdest dich nicht mehr halten können vor Lachen.

Eigentlich wollte ich Corben wieder loswerden. Und jetzt?

Jetzt duscht er in aller Seelenruhe in meinem Badezimmer.

Ich setze mich an den Esstisch, ziehe die Knie an und atme tief durch. Um wenigstens ein bisschen Normalität in die Situation zu bringen, habe ich mir eine Jogginghose und meinen Lieblingspulli übergeworfen. Gemütlich, sicher, harmlos.

Trotzdem … ein Sonntag im Bett hätte was.

Wieder habe ich diese Flashbacks, neue Bilder von letzter Nacht.

Warum fühle ich mich so angezogen von ihm?

Ich brauche Rat. Dringend.

Auf meinem Handy blinken etliche Nachrichten aus der Mädelsgruppe auf.

Helen: *Bibi, melde dich dann mal. Ich will wissen, ob wirklich nichts gelaufen ist. Caro auch.*

War ja klar.

Caro: *Ja, bitte! Wir wollen ALLES wissen. Von wegen, da würde nichts mehr laufen.*

Ich: *Guten Morgen, ihr alten Tanten! Da bin ich wieder.*

Ehe sie fragen können, tippe ich schnell weiter.

Ich: *Bevor ihr loslegt – ja, er war da. Und ich habe ihn fast umgebracht.*

Es dauert keine dreißig Sekunden, und beide schreiben gleichzeitig.

Helen: *WIE BITTE?!*

Caro: *Wow! Das ist selbst für dich eine neue Stufe der Eskalation. Was habt ihr denn im Bett getrieben?!*

Ich: Lachender Smiley *Es war nicht im Bett – es hat im Schlafzimmer angefangen, dann war ich etwas übermütig. Und zack hab ich ihn umgeworfen. Er hat sich den Kopf gestoßen. Ohnmacht. Notarzt. Klammerpflaster.*

Helen: *Was???*

Caro: *Du hast ihn erst ins Bett gelockt und dann umgehauen?! Damn, Girl!!!*

Ich: *Ja, hab ihn umgehauen. Und weil er Verdacht auf Gehirnerschütterung hatte, musste er bei mir schlafen …*

Caro: Tränenlachender Smiley

Helen: *Du bist so krass!*

Caro: *Also kein Sex letzte Nacht?*

Helen: *Wenn er verletzt war, bestimmt nicht.*

Was schreibe ich jetzt?

Ich räuspere mich und beschließe, eine Sprachnachricht aufzunehmen. »Doch. Wir hatten Sex. Wilden und verbotenen. Was ist nur los mit mir?!«

Caro: Tränenlachender Smiley

Helen: Vom medizinischen Notfall zum Superstecher. *lach*

Ich: *Das war so nicht geplant.*

Caro: *Wir sind deine besten Freundinnen. Uns kannst du nichts vormachen. Du wolltest es. Und – war's gut?*

Helen: *Wild und verboten …*

Ich nehme erneut eine Sprachnachricht auf. »Es war Hammer … aber er ist noch hier. Was soll ich tun?«

Caro: *Mit ihm den Sonntag im Bett verbringen?*

Helen: *Jaaaa!!!*

Ich spreche wieder. »Keine Ahnung. Würde ich am liebsten. Aber das geht nicht. Ich besuche doch immer Oma … Er ist hier, läuft nackt herum – jetzt duscht er gerade.«

Caro: *Und das ist ein Problem, weil …?*

Ich: *Weil das eigentlich eine einmalige Sache sein sollte!!!*

Helen: *Ja, war ein kurzer Weg von* Kein Küsschen unter dieser Nummer *bis zum doppelten One-Night-Stand.*

Caro: Ich sag's ja immer: Einmal ist ein One-Night-Stand. Zweimal ist eine Sache. Und dreimal … na ja, das wird dann schon eine Art Beziehung.

Ich stöhne.

Ich: *NEIN! Was soll ich machen?*

Helen: *Nimm ihn doch mit. Wäre mal ein echt verrücktes Date.*

Caro: *O ja, ein Date auf dem Friedhof. So romantisch. Wenn er das macht, halt ihn dir warm – oder es liegt an der Gehirnerschütterung.*

»Ihr seid bescheuert«, spreche ich ins Handy. »Ich brauch euren Rat, denn ja, ich fand es super mit ihm, aber ich muss zu Oma und kann doch nicht den ganzen Tag im Bett bleiben.«

Corben steht plötzlich in der Tür.

Nur mit einem Handtuch um die Hüften.

Nicht nur, dass er verflixt gut aussieht – glänzend, unverschämt heiß – nein, er grinst auch noch so umwerfend.

Er hat mich gehört.

Meine Finger verkrampfen sich um die Kaffeetasse.

Corben mustert mich. »Also doch ein Sonntag im Bett?«

Die Tasse fällt aus meiner Hand – und zerschellt auf dem Boden.

KLIRR!

Corben zieht überrascht die Augenbrauen hoch. »Ich wusste ja, dass ich dich nervös mache, aber gleich so?«

»Das war nicht deinetwegen. Mir tut die Hand weh von dem …«

Er bückt sich, um die Scherben aufzusammeln – und dabei rutscht sein Handtuch herunter. Da kniet also ein nackter Corben in meiner Küche.

»Kannst du dich bitte anziehen?«, frage ich.

Er richtet sich auf, grinst und legt die Scherben beiseite. »Du hast doch schon alles gesehen. Warum macht dich das so nervös?«

»Corben!«

Er hebt beschwichtigend die Hände. »Okay, okay. Ich zieh mich an.« Tatsächlich verschwindet er Richtung Schlafzimmer.

Ich atme tief durch, sehe auf mein Handy – ich habe die ganze Zeit die Aufnahmetaste gedrückt gehalten – und die Nachricht gerade abgeschickt.

Caro: *Ist das Corben?*

Ich: *Ja.*

Helen: *Also ernsthaft – worauf wartest du? Genieß den Sonntag!*

Ich hole den kleinen Staubsauger und fege die Scherben auf.

Zum Glück war die Tasse schon leer.

Ich brauche noch einen Kaffee.

KAPITEL 24

EIN HALBER SONNTAG IM BETT

Gerade als ich mir einen zweiten Kaffee gönne und langsam wieder runterkomme, steht Corben in der Küche.

»Keine Panik, ich bin angezogen«, sagt er und grinst mich an.

Er ist ja so lustig.

Als er sich zu mir setzt, streicht er sich über sein Shirt, und ich mustere ihn.

Natürlich trägt er dasselbe wie gestern. Und es sieht verdammt gut aus. Wie sich der Stoff um seinen Körper schmiegt …

Schon wieder Flashbacks. Seine samtige Haut. Die Muskeln …

Reiß dich zusammen!

Hol dein Lasso raus …

Nein, nein, nein!

Jetzt hab ich einen Ohrwurm.

Corben streicht schon wieder über den Stoff. Macht er das absichtlich?

»Ohne war dir doch lieber, was?« Er zwinkert mir zu.

Der soll sich bloß nicht zu viel einbilden.

Und doch muss ich lächeln. »Ja, total. Ich kann mich kaum halten, es dir nicht wieder vom Leib zu reißen. Kaffee?« Ohne seine Antwort abzuwarten, stehe ich auf, nehme die Kaffeekanne und fülle eine weitere Tasse, die ich dann vor ihm abstelle.

Ich habe sie mit Bedacht gewählt, wegen des Spruchs, der vorne draufsteht: *Kaffee – die heißeste Sache der Welt!*

»Okay, ja.« Corben nickt. »Das ist doch mal eine Ansage.«

»Jap.« Ich stelle ihm auch noch Milch hin.

»Danke. Ich mag es aber auch süß.«

Okay, er bekommt auch noch Zucker.

Er tut einen Löffel in seine Tasse und rührt um. »Gibt es sonntags bei dir auch Frühstück?«

»Oh, klar. Was möchtest du?«

Dumme Frage. Ist ja nicht so, als hätte ich viel zur Auswahl da.

»Magst du Waffeln?«, frage ich.

»Ich nehme, was ich kriege. Will dir ja auch nicht zu viele Umstände machen.«

»Der Zug ist abgefahren.«

»Ich hab mich ja revanchiert.«

Ich schaue ihn empört an, aber er grinst schon wieder.

Kopfschüttelnd wende ich mich ab und hole die Waffeln raus.

»Ich mache sie im Toaster warm«, sage ich.

»Warm oder heiß?« Er trinkt demonstrativ aus seiner Tasse.

»Für dich extra heiß.«

»Danke! Passt.«

Ich stecke die Waffeln in den Toaster und bleibe daneben stehen.

Corben nimmt einen weiteren Schluck aus seiner Tasse.

»Tut echt gut«, sagt er und tastet kurz nach seinem Klammerpflaster.

»Hast du noch Schmerzen?«

»Ein wenig«, sagt er.

»Oh!«

Er lacht. »Geht schon, wie du gemerkt hast.«

Die Waffeln springen aus dem Toaster, und ich lege sie auf einen Teller, den ich vor Corben hinstelle. »Bitteschön!«

»Danke! Interessant.«

»Was ist interessant?«

»Dass du Waffeln magst. Sagt viel über dich aus.«

»Was denn? Erleuchte mich, Dr. Freud.«

»Du magst es heiß und süß.«

»Nein, meinen Kaffee trinke ich nicht süß, nur heiß. Waffeln sind einfach nur Waffeln.«

»Wenn du meinst.« Er beißt seelenruhig in eine hinein. »Was machen wir denn nun den Rest des Tages? Mein Angebot steht.«

Ich seufze. »Hör mal – es hat wirklich viel Spaß gemacht. Also gestern und … gestern …«

»Stimmt, war ja beides gestern. Zweimal an einem Tag. So heißt doch auch ein Film.«

Ich muss lachen. »Der heißt *Zwei an einem Tag*. Und es ging nicht um … nicht darum.«

Er grinst. »Stimmt. Hab ich verwechselt.«

»Dass du den überhaupt kennst. Der Film ist schließlich tiefgründig.«

»Und das bin ich wohl nicht?« Er lächelt, aber da ist so ein Unterton.

Ich zucke mit den Schultern. »Keine Ahnung. Du wirkst nicht wie jemand, der sich so einen Film anschaut. Es geht um wahre Liebe …«

Das macht es jetzt nicht besser.

Corbens Blick ist unergründlich.

Habe ich gerade angedeutet, er wäre oberflächlich und liebesunfähig?

»Das Buch fand ich besser«, sagt er.

Ich hebe eine Braue. »Du hast das Buch gelesen?«

Warum klinge ich so herablassend?

»Ja, ich kann lesen. Ich lese sogar sehr viel. Bin quasi eine Lesemaus.«

Ich pruste los. »Eine Lesemaus? So nennst du dich selbst?«

Er zwinkert mir zu.

»Okay, du nimmst mich auf die Schippe. Oder?« Ich versuche, die Antwort von seinem Gesicht abzulesen. Unmöglich.

»Tja, das musst du selbst herausfinden. Eine gute Möglichkeit wäre es, noch mehr Zeit miteinander zu verbringen.«

»Lass mich raten – wir müssen dabei im Bett liegen?«

»Auf diese Weise habe ich auch schon viel über dich erfahren. Drei Oktaven habe ich gezählt.«

»Corben!«

»Sorry.« Sein Gesicht drückt das Gegenteil aus. Sein Blick ist eine einzige Herausforderung. Er legt es darauf an, mich aus der Reserve zu locken.

Andererseits …

Ich beuge mich vor. »Leider habe ich schon andere Pläne für heute. Ich denke jetzt mal nicht, dass du mit mir auf den Friedhof gehen willst, oder?«

Er zuckt mit den Schultern. »Warum nicht? Immerhin hat deine Oma uns zusammengeführt. Und ich würde sie gerne besuchen und mich bei ihr bedanken.«

»Wirklich?«

Er beugt sich ebenfalls vor. »Was bekomme ich denn dafür?«

»Einen halben Sonntag im Bett?«, schlage ich vor. O Mann!

Sein Blick jagt ein Kribbeln durch meinen Körper.

»Da kann ich wohl nicht *nein* sagen. Schließlich sollst du noch auf mich aufpassen.«

»Hahha, du bist so unfassbar …«

»… charmant, nett, witzig?«

»Mal sehen, was Oma dazu sagt.«

KAPITEL 25

DER TAG DES EICHHÖRNCHENS

Seite an Seite gehen wir über den Friedhof. Es ist einiges los. Trotzdem ist es ruhig und wirkt fast idyllisch. Die frische Luft tut gut nach der anstrengenden Nacht – nach zwei anstrengenden Nächten.

»Ein schöner Friedhof«, sagt Corben.

»Soweit Friedhöfe schön sein können.«

»Alte Bäume, breite Wege, gepflegte Grünflächen, ruhige Atmosphäre … als wäre man in einem Park. Einem sehr stillen Park.«

»Das liegt wohl daran, dass die Bewohner tot sind.«

»Warum so negativ? Das hier hat doch etwas Tröstliches.«

Ich lächle. »Das stimmt. Ich freue mich sogar jeden Sonntag darauf, hierherzukommen.«

Wir haben Omas Grab erreicht, und ich stecke behutsam die Blumen, die ich auf dem Herweg besorgt habe, in die kleine Vase.

Corben bleibt ein Stück entfernt stehen und beobachtet mich.

»Hey Oma«, sage ich leise. »Du wunderst dich bestimmt über den Mann, den ich dabeihabe. Nein, es ist nicht Jörg. Der hat sich als absoluter Fehlgriff entpuppt. Das da ist Corben. Und er bedeutet eindeutig Ärger.« Ich lache, weil mir klar ist, was Oma dazu gesagt hätte: *Gefährliche Männer sind die aufregendsten. Genieße es, solange es dauert – und heirate einen weniger gefährlichen.*

»Ich nehme das als Kompliment«, sagt Corben hinter mir, der natürlich meine Gedanken nicht hören konnte.

»Tja, hättest du sie gekannt, dann wüsstest du, dass sie mich vor Männern gewarnt hat, die Ärger bedeuten.«

»Woher wüsste sie das mit dem Ärger? Von dir?«

»Das sieht man.«

»Inwiefern?«

»Du siehst … gut aus. Zu gut.«

Corben schnaubt. »Zu gut aussehend?«

»Ja, attraktive Männer gehören einem nie allein, sagt man.«

»Das ist ein Klischee und ein Vorurteil. Wenn das jeder denkt, würde kein gutaussehender Mann jemals seine große Liebe finden, weil er von vornherein keine Chance bekommen würde.«

Ich schmunzle. »Du wolltest wissen, was Oma mir sagen würde. Das ist es – und dann würde sie dich testen.«

»Wie genau?«

Ich überlege. »Wahrscheinlich mit einem Kreuzworträtsel, um zu sehen, ob du klug und geduldig genug bist, es zu lösen. Oder sie hätte dich gebeten, ein Glas mit einem extra festen Deckel zu öffnen. Wenn du beides geschafft hättest, wärst du vielleicht durchgekommen.«

Er lacht. »Okay, also ich müsste ihr erst meine Intelligenz und meine körperliche Kraft beweisen, um die offizielle Oma-Freigabe zu bekommen?«

»So ungefähr.«

Corben betrachtet das Grab. »Ich glaube, ich hätte sie gemocht. Alles, was du erzählst, klingt so herzlich. Schön, wenn man solche Erinnerungen an seine Oma hat und so ein gutes Verhältnis, wie ihr es offensichtlich hattet.«

»Ja, das hatten wir – vermutlich, weil ich die meiste Zeit bei ihr war. Meine Eltern haben viel gearbeitet. Und heute … ja, ich habe sie lieb, aber sie sind meistens auf Reisen. Was okay ist, wirklich. Wir haben viel Kontakt.«

»Das ist schön. Ein gutes Verhältnis zu seinen Eltern ist viel wert.«

»Wie ist es bei dir? Hast du noch eine Oma?«

»Meine eine Oma ist gestorben, als ich vier war, und die andere habe ich nie kennengelernt.«

»Oh … das tut mir leid.« Ich lächle sanft. »Weißt du, was meine Oma auf jeden Fall mochte? Eichhörnchen. Sie hat immer gesagt, Eichhörnchen sind die unterschätzten Helden der Tierwelt. Schlau, schnell, wendig – und sie vergessen gern mal ihre eigenen Geheimverstecke, was sie menschlicher macht als alles andere.«

»Dann ist sie hier genau richtig. Hier gibt es einige.«

»Stimmt. Schau mal!« Ich deute auf einen Busch in unserer Nähe, unter dem tatsächlich ein Eichhörnchen sitzt. Rotbraun ist es, und es sieht uns mit seinen großen, dunklen Augen neugierig an.

»Ob das ein Omen ist?« Corben grinst. »Deine Oma könnte es geschickt haben.«

»Oder Omas Geist steckt da drin. Wer weiß das schon?!«

»Möglich. Niedlich, wie es uns ansieht. Ich könnte mich offiziell vorstellen.«

»Du willst mit einem Eichhörnchen reden, weil der Geist meiner Oma da drin stecken könnte?«

»Ja, warum nicht?«

Irgendwie ist er ja schon lustig.

Das Eichhörnchen kommt näher, und Corben hockt sich hin.

»Süß. Ich mochte Eichhörnchen eigentlich auch immer.«

»Sie sind ja auch flauschig und niedlich.«

»Nun, das scheint auf alle Fälle ein gutes Zeichen zu sein. Deine Oma mag mich wohl. Schau mal, wie nahe es kommt.«

Auch ich gehe jetzt in die Knie und rede auf das Eichhörnchen ein. »Er ist eigentlich ganz nett. Hätte ich so auch nicht gedacht. Aufdringlich vielleicht … aber …«

»Aber?« Corben sieht mich an.

»Aber keine Ahnung …«

Er lächelt. »Dann stelle ich mich mal richtig vor. Hallo, Eichhörnchen!«

Das Eichhörnchen kommt noch näher, schnuppert an Corbens Hand.

»Es mag mich. Siehst du? Braves Eichhörnchen.« Er streckt vorsichtig seinen Zeigefinger aus und dann … »Aua!« Corben zieht ruckartig seine Hand zurück.

Ich schaue ihn erschrocken an. »Hat es … dich gerade …?«

»Ja, das Vieh hat mich gebissen.« Corben hält seine Hand hoch, während das Eichhörnchen zurück in den Busch hüpft.

Ich weiß, das ist nicht nett, aber … Es ist einfach zu komisch.

»Das ist doch ein schlechter Witz.« Ich muss lachen.

»Witzig finde ich das nicht.« Er hält sich die Hand. »Das heißt dann wohl, sie mag mich nicht. Also, deine Oma. Das brennt ja richtig.« Plötzlich weitet sich sein Blick. »O Gott, was, wenn dieses Tier Tollwut hat?! Oder irgendeine Waldkrankheit?!«

»Zeig mal her. Ist doch bestimmt halb so schlimm.«

Er hält mir die Hand hin. Der Finger blutet. Sehr sogar.

»Sieht fies aus. Aber es gibt keine dokumentierten Fälle von Tollwut bei Eichhörnchen in Europa.«

»Woher willst du das wissen?! O nein, Blut!«

»Das hab ich mal irgendwo gelesen. Bleib ruhig.«

»Wo gelesen? Im Internet? Das weiß nicht, ob dieses Eichhörnchen tollwütig ist. Vielleicht habe ich das eine erwischt.« Er hält sich den Finger, als befürchte er, er könnte abfallen.

Das wäre schade, weil …

Konzentration, Bibi!

»Mhm, blutet wirklich ziemlich. Warte, ich habe ein Taschentuch.« Ich krame in meiner Tasche und drücke es ihm in die Hand.

»Drück mal fest drauf.«

»Dadurch verhindere ich keine Infektion. Das muss auf alle Fälle desinfiziert werden. Brauche ich eine Tetanus-Spritze?!«

»Warte.« Ich nehme mein Handy, tippe hastig *Eichhörnchenbiss – was tun* und öffne den ersten Treffer.

Sofort springt mir das Wort Tollwut entgegen.

Ups.

»Und? Googelst du schon?«, fragt Corben.

»Ähm … ja.«

»Und?«

Ich kaue auf meiner Lippe. »Also … du hattest vielleicht doch recht.«

»O Gott, was steht da?«

»Nichts Schlimmes.«

»Dein Blick sagt was anderes. Zeig mal.«

Ich seufze und reiche ihm das Handy.

Er überfliegt den Text und liest Teile laut vor. »Gefahr von Tollwut … eventuell sofort zum Arzt – wir müssen in die Notaufnahme.«

»Meinst du? Wegen so einer Kleinigkeit?«

»Tollwut würde ich nicht Kleinigkeit nennen.«

»Okay, dann lass uns schnell gehen …«

KAPITEL 26

SO SCHNELL SIEHT MAN SICH WIEDER

Wie viel Pech kann man eigentlich haben?

Den ganzen Vormittag habe ich es verdrängt, für immer eine Anekdote im Leben eines Notarztes zu sein – und jetzt steht genau dieser Arzt wieder vor uns.

Wie hoch war wohl die Wahrscheinlichkeit?

Ist er noch im Dienst oder schon wieder? Sieht er müde aus?

Nein, er grinst über das ganze Gesicht. »So schnell sieht man sich wieder«, sagt er. »Geht es Ihnen schlechter?«

»Nein«, erwidert Corben. »Oder, wie man es sieht.« Er hält seine blutende Hand hoch.

Der Arzt schaut ungläubig auf den Finger – und dann zu mir. Er denkt doch nicht etwa …?

»Es war ein Eichhörnchen«, sage ich energisch. »Diesmal habe ich nichts damit zu tun.«

»Sie sagt die Wahrheit«, sagt Corben leise und senkt dabei den Kopf.

Dieser Spinner!

»Du kommst hier alleine klar, oder?«

Corben runzelt die Stirn und greift mit seiner unverletzten Hand nach meiner. »Bleib hier. War doch nur Spaß.« Er schaut den Arzt an. »Es war ein Eichhörnchen. Erst sah es ganz süß und neugierig aus, aber dann … zack! Es hat einfach zugebissen! Ich bräuchte wohl eine Tetanus-Auffrischung.«

»Ja, es war ein Zombie-Eichhörnchen«, sage ich ernst. »Retten Sie ihn! Bitte!«

Der Arzt wirkt immer noch unentschlossen. »Anscheinend ziehen Sie das Pech magisch an«, murmelt er dann.

Corben seufzt. »Ja, anscheinend.«

»Wird er es schaffen?«, frage ich.

Der Arzt inspiziert die Wunde. »Okay. Ich denke schon. Dann gibt's jetzt einen kleinen Piks. Ansonsten geht es Ihnen gut? Wurden Sie gut versorgt heute Nacht?«

Ich spüre, wie mir die Hitze in die Wangen steigt. Hoffentlich sagt er nur *ja* und hält sich ansonsten zurück.

»Ja, wurde gut besorgt … äh, versorgt.«

»Bis auf die Wortfindungsstörungen«, ergänze ich.

Der Arzt lacht. Schön, dass er sich amüsiert.

»Sie sind ein süßes Paar«, sagt er und macht eine Spritze bereit.

Corben wird ein wenig blass.

»Alles okay?«, frage ich.

»Ich hab es nicht so mit Nadeln.«

»Kein Problem«, sagt der Arzt und deutet auf die Liege an der Wand. »Legen Sie sich hin. Nicht, dass Sie wieder zusammenklappen? Und Ihre Freundin kann Ihre Hand halten.«

»Wäre vielleicht besser.« Corben legt sich hin, streckt mir wieder seine heile Hand entgegen, und ich nehme sie. Sie ist warm, stark, aber sein Griff ist fester als nötig – er scheint sich wirklich unwohl zu fühlen. Diesmal ist es keins seiner Spielchen.

»Okay, tief durchatmen«, sagt der Arzt, während er die Nadel ansetzt.

Corben kneift die Augen zusammen. Ich sehe, wie sich sein Kiefer anspannt.

»Tut gar nicht weh«, flüstere ich.

»Sagst *du.*«

Der Arzt drückt die Spritze rein. Corben zuckt kaum merklich zusammen.

»Gleich vorbei«, murmele ich und streichle sanft über seine Hand.

Er atmet aus. Die Berührung unserer Hände ist so vertraut.

»Und … fertig«, sagt der Arzt schließlich.

Ich lasse Corbens Hand los. Sofort fehlt mir etwas.

»Sehen Sie, war doch gar nicht so schlimm.«

Corben richtet sich langsam auf. »Ja, gar nicht. Hatte fast Spaß dabei.«

Ich lache. »Das war heldenhaft. Wirklich.«

Als wir die Notaufnahme verlassen, kann ich mir einen letzten Kommentar nicht verkneifen. »Weißt du, Corben, ich glaube, meine Oma hätte dich doch gemocht.«

Er lächelt schief. »Ja? Warum?«

Ich grinse. »Weil du gerade ihrem Lieblingstier Blut gespendet hast. Das ist wahre Hingabe.«

Er schnaubt. »Ich kann mir wirklich Tolleres vorstellen, als mich zum Blutspender für ein Eichhörnchen zu machen.«

»Dafür bekommst du jetzt eine verwegene Narbe.«

Er hebt die Hand, mustert die winzige Bissstelle und seufzt. »Ja, fantastisch. Willst du ein Foto für dein Familienalbum?«

Ich tue so, als müsste ich überlegen. »O ja, mit einer Bildunterschrift wie *Der Tag, an dem Corben gegen ein Eichhörnchen verlor.* Am besten hältst du den Finger so, dass man dein Kopfpflaster auch sieht. Wirkt dramatischer.«

Er lacht und legt locker den Arm um meine Schultern. Fast vertraut.

»Also, Bibi. Wenn das der Standard unserer Dates ist … dann bin ich verdammt gespannt, was als Nächstes kommt.«

»Dates? Jetzt übertreib mal nicht.«

»Okay, kein Date … hab schon verstanden.« Sein freches Grinsen sagt was anderes. »Diese ganze Aufregung hat mich hungrig gemacht.«

»Hm, für ein fancy Candle-Light-Dinner ist es etwas früh.«

Er lacht. »Absolut. Ich dachte an etwas Exklusives. Mit viel Geschmack, wenig Stil und der Möglichkeit, sich danach schuldig zu fühlen.«

Ich grinse. »Currywurst?«

»Currywurst.«

KAPITEL 27

LECKER!

Zwanzig Minuten später sitzen wir bei Currywurst und Pommes in einer kleinen, leicht abgeranzten Imbissbude mit vergilbten Speisekarten und dem Duft von Frittierfett und Gewürzen. Perfekt.

Ich tunke eine Pommes in den Ketchup und stecke sie mir in den Mund.

Corben kaut an seiner Currywurst, ohne mich aus den Augen zu lassen.

»Sag mal … was machst du eigentlich beruflich?«, frage ich, um irgendwas zu sagen.

»Ich bin … vielseitig.«

»Mhm, also in einer Orientierungsphase?«

»Ich bin nicht arbeitslos, falls du das damit sagen willst. Jedenfalls nicht wirklich. Ich bin selbstständig und erledige Auftragsarbeiten.«

»Auftragsarbeiten? Malst du Porträts? Schreibst du als Ghostwriter? Reparierst du Dinge? Oder sind das eher Aufträge, von denen niemand etwas wissen darf?«

Er zuckt mit den Schultern. »Ein bisschen von allem. Ich bin Schreiner, aber mache auch Design-Möbel und Dekosachen. Dinge aus Holz.«

Ich beuge mich verschwörerisch nach vorne. »Und die geheimen Aufträge?«

Corben lacht. »Du würdest nicht glauben, was für detaillierte Vorstellungen manche Leute haben, wenn es um … nennen wir es mal erotische Möbel geht.«

Ich pruste los. »Hast du Fotos deiner Werke?«

Corben lacht. »Von einigen. Aber glaub mir, alles, was man darauf tun kann, schaffe ich ohne diese Möbel.«

Mir wird ganz heiß bei diesen Worten. Aber ich bin ja selbst schuld, wenn ich so genau nachfrage.

»Also, bist du handwerklich geschickt?«, versuche ich abzulenken.

»Jap. Ich kann Dinge mit meinen Händen bauen.« Er hebt sie und wackelt mit den Fingern.

Ich versuche, nicht daran zu denken, was diese Hände letzte Nacht getan haben.

»Interessant.« Ich lenke meinen Blick schnell zurück auf meine Pommes. »Und das läuft gut?«

»Meistens. Ich arbeite nicht jeden Tag, aber ich habe meine Stammkunden. Und ein paar Läden kaufen meine Designs.«

Ich lehne mich zurück. »Okay, du musst also morgen früh nicht zeitig aufstehen.«

»Nein, ich stehe die ganze Nacht zur Verfügung.«

Ich schüttle nur lächelnd den Kopf.

Er nimmt einen letzten Bissen und schiebt den Teller von sich weg. »Und du? Du bist … was genau? Ich weiß, dass du arbeitest. Und dass du E-Mails bekommst, die dich frustrieren.«

Ich verdrehe die Augen. »Ich bin Grafikdesignerin in einer Medienagentur, wir erstellen Konzepte für Kunden, Designs für Kampagnen … alles Mögliche eben. Ist auch sehr kreativ, aber manchmal …« Ich seufze. »Manchmal ist es einfach nur stressig. Vor allem, wenn mein Chef Richard mal wieder durchdreht und die Vorgaben vergisst.«

Corben lehnt sich interessiert vor. »Klingt aufregend. Du hast also Ahnung von Technik. Dann kannst du dir vielleicht mal meine Website anschauen?«

»Äh … klar.«

Er verzieht das Gesicht. »Genau genommen habe ich keine. Also, anschauen heißt eher: mal schauen, was man da machen kann.«

Ich lache. »Moment. Du bist selbstständig und hast keine Website?«

»Nein … ich hab Instagram. Du findest mich unter Cole134.«

»Cole? Ah, lass mich raten: Corben Lehmann. Sehr einfallsreich.«

»Ganz genau.«

»Oh, das wird ein langer Weg.«

»Dann bist du jetzt also offiziell meine Website-Beraterin?«

Ich grinse. »Übertreib nicht, aber ich kann mir mal ansehen, was du machst, und dir helfen. Kostet … na ja, also der Stundensatz …«

Er lacht. »Ja, ich zahle auch … klar …«

»Schon gut, ich schaue es mir erst mal an.« Ich greife nach einer Pommes und will sie mir in den Mund stecken.

»Bibi?!«

Ich sehe auf und …

O nein.

Vor mir steht Nicole, eine entfernte Bekannte, die ich über Jörg kenne. Sie weiß immer alles über jeden – ob man es will oder nicht. Eigentlich ist sie ganz nett, aber sie ist eben auch Nicole.

Ihre Augen wandern von mir zu Corben – und dann zurück zu mir. Ihre Lippen verziehen sich zu einem breiten Grinsen.

»Ach, dann stimmt es also. Hab gehört, dass du wieder … aktiv bist. Hat Sabine gesagt.«

Muss sie so laut sein? Und was heißt hier *aktiv*?

Corben grinst mich an.

»Ach ja, also …«

Was antworte ich jetzt?

»Schon gut.« Sie mustert Corben von oben bis unten. »Lecker.«

Hat sie das gerade wirklich gesagt?!

»Meinst du mich?«, fragt Corben und hebt eine Augenbraue.

Nicole lacht. »Nein, die Pommes natürlich.« Sie schaut wieder mich an. »Also, ich hätte dir eh geschrieben. Ich wollte dich am Donnerstag zu einem kleinen Umtrunk einladen. Da dein neuer Freund sowieso schon Teil der Gerüchte ist, dann kann er ja auch gleich offiziell mitkommen.«

Ich will protestieren. Aber … ich schiele zu Corben. Der amüsiert sich prächtig.

»Donnerstag wäre kein Problem bei mir, Schatz«, sagt er und zwinkert.

Irgendwie ist die Situation verrückt, aber auch … gut. Anscheinend hat meine Aktion neulich voll eingeschlagen bei Jörg und Sabine. Richtig so.

»Also, ja, gut, dann kommen wir«, verkünde ich und merke selbst, dass ich selbstgefällig grinse.

»Super! Ich schreib dir noch, wo und wann.« Nicole winkt zum Abschied und verschwindet.

Ich stecke mir endlich die Pommes in den Mund. »Danke!«, murmele ich dann.

Corben grinst. »Kein Ding … dann zeigen wir es dieser Sabine und deinem Ex am Donnerstag noch mal.«

Ich lächle. »Das machen wir.«

Einige Minuten später verlassen wir den Imbiss und bleiben davor stehen.

»Also … war ein schöner Tag«, sagt Corben. »Und eine schöne Nacht. Abgesehen von deiner Attacke und dem Eichhörnchenangriff. Aber ja, war mal was anderes.«

Ich schmunzle. »Nicht zu vergessen, die riesige Nadel. Du warst so tapfer. Du bist ein Held.«

Er streicht sich durchs Haar. »Lass uns bitte nie wieder über die Nadel sprechen.«

Ich grinse. »Wie du willst. Also, dann … wir sehen uns?«

»Ja, spätestens am Donnerstag …«

»Okay …«

Dann stehen wir etwas unbeholfen da.

Was jetzt? Küssen wir uns? Geben wir uns die Hand? Oder einfach … gar nichts?

Ich hebe die Hand. »Gut, dann bis dann.«

Corben nickt.

Okay, war das jetzt komisch? Ein bisschen. Aber wie verabschiedet man sich in so einer Situation sonst?

Ich drehe mich um und gehe einfach drauflos, dabei weiß ich nicht mal, in welche Richtung er muss. Jedenfalls folgt er mir nicht.

Hätte ich ihn fragen sollen, ob er mitkommen will?

Quatsch. Oder doch …?

Verflixt, Bibi! Ist doch jetzt egal.

Und dann klingelt mein Handy.

KAUGUMMIS UND LIEBE – BEIDES DEFINITIV ÜBERLEBENSWICHTIG

KAPITEL 28

ÜBERLEBENSWICHTIGE KAUGUMMIS

Einen Moment lang bin ich überzeugt, dass es Corben ist. Würde zu ihm passen.

Aber nein, es ist Helen.

»Na sowas, sie lebt noch!«, ruft sie, als ich mich melde.

»Tut mir leid. Ich hatte keine Gelegenheit mehr zum Schreiben. Aber jetzt bin ich allein.«

»Jetzt erst? Erzähl!«

Ich berichte ihr alles, was passiert ist.

»Okay, das ist echt alles verrückt«, sagt sie schließlich. »Ein aggressives Eichhörnchen, das deine Oma ausgesandt hat?«

Ich lache. »Es *war* verrückt, aber auch … gut.«

»Du klingst auch so, als hättest du Spaß gehabt. War dann gar nicht so schlimm, ihn auf den Friedhof mitgenommen zu haben?«

»Nein, tatsächlich war es nicht so schlimm. Also für mich nicht. Für ihn schon eher.« Ich muss wieder lachen.

»Und das mit Nicole ist auch witzig«, sagt Helen. »Den beiden zeigst du es. Von wegen, du würdest immer allein bleiben – ha! Allein, so was zu sagen … Als würden sie es dir regelrecht wünschen. Die ärgern sich jetzt beide. Corben ist auch echt heiß.«

Während sie das sagt, kribbelt mein ganzer Körper.

Ja, Corben ist echt heiß.

Ich bin zu Hause angekommen und schließe meine Wohnungstür auf.

Plötzlich wirkt hier alles ziemlich leer.

»Ja, heiß ist er«, sage ich laut. »Ach Mist, war schon … irgendwie gut …«

»Oooh, schon Sehnsucht?«

»So kenne ich mich gar nicht«, gestehe ich, und Helen lacht.

»Tja, du hattest endlich mal guten Sex. Da kann es schon passieren, dass man sich danach sehnt.«

»Stimmt. Ein unbekanntes Gefühl.«

Ich habe meine Jacke ausgezogen, die Schuhe abgestellt und gehe in die Küche, in der die Kaffeetasse steht, aus der Corben getrunken hat.

Und noch etwas ist auf dem Tisch: ein Päckchen Kaugummi.

»Oh, er hat seine Kaugummis vergessen. Ob er die braucht?«

»Fragst du mich das gerade ernsthaft, oder suchst du einfach nur einen Vorwand, ihn heute noch zu sehen?«

Sie hat recht. Das ist total albern.

»Ja … nein … hast schon recht.«

Helen lacht. »Bibi, Bibi …«

»Was? Ich meine, was, wenn er die wirklich braucht? Aus gesundheitlichen Gründen. Wegen seiner Zähne oder … vielleicht ist er Ex-Raucher.«

»Dann würde ich mal sagen, du solltest es herausfinden.«

Nachdem wir aufgelegt haben, starre ich noch eine Weile auf das Päckchen mit den Kaugummis.

Okay, es ist albern. Er braucht sie nicht. Vermutlich.

Aber wissen kann ich es ja nicht, oder?

Und dann tue ich es einfach.

Ich nehme mein Handy und schreibe.

Du hast was vergessen.

Lass mich raten … meine Würde?

Nein. Deine Kaugummis.

Meine Kaugummis … Oh.

Sind die also doch wichtig für dich? War mir nicht sicher.

Ja, die sind sehr wichtig. Was machen wir jetzt? Sollte dann wohl noch mal vorbeikommen …

Ich beiße mir auf die Unterlippe. Mist. Ich hätte nicht schreiben sollen. Oder doch?

Ich meine, warum nicht?

Oder … du bringst sie mir vorbei? Geht das auch?

Oh!

Ich starre auf das Handy. Dann auf die Kaugummis.

Und bevor ich mich versehe, schnappe ich sie und ziehe mir die Schuhe wieder an.

***

Ich stehe vor Corbens Tür und starre auf das Päckchen Kaugummi in meiner Hand. Das hier ist der albernste Vorwand, den ich je benutzt habe, um jemanden zu sehen. Aber was soll's – Corben fand ihn anscheinend gut.

Ich atme tief durch, klingele.

Keine zwei Sekunden später geht die Tür auf, und Corben grinst mich an.

»Bibi! Super, echt lieb, dass du sie mir bringst.«

Ich ziehe eine Braue hoch. »Ja, ich weiß ja, wie wichtig so was sein kann.«

Er nickt ernst. »Oh, absolut. Frischer Atem ist essentiell.«

»Ja, da sagst du was.«

Ich halte ihm das Päckchen hin. »Hier. Deine Lebensrettung.«

Er nimmt es entgegen, mustert es – dann mich. »Tja, wenn du schon meine Kaugummis lieferst, dann ist das quasi … wie eine …?«

Ich verdrehe die Augen, weil ich ahne, was kommt – aber er stockt mitten im Satz.

»Guten Abend, Frau Kramer«, sagt er und hebt die Hand.

Oh. Nein.

Langsam drehe ich den Kopf – und da steht sie.

Die Nachbarin, die mich nackt gesehen hat.

Sie runzelt die Stirn, genau auf dieselbe Art wie gestern, schaut mich an, dann Corben, dann wieder mich.

Es ist ein Ich-will-es-gar-nicht-wissen-aber-irgendwie-doch-Blick.

Und dann ... dann dreht sie sich einfach wortlos um und geht in ihre Wohnung.

»Okay«, murmle ich.

Corben lehnt sich grinsend gegen den Türrahmen. »Ich glaube, sie fragt sich gerade, warum du schon wieder hier bist, nachdem du es gestern kaum erwarten konntest, wegzukommen.«

»Ja, eine nachvollziehbare Frage ... Ehrlich gesagt frage ich mich das selbst.«

»Nun, dann können wir das ja herausfinden ...«

»Ich wollte doch nur die Kaugummis vorbeibringen.«

Er grinst. »Bibi, wir wissen beide, dass du nicht wegen Kaugummi hier bist.«

Mist. Er hat recht.

Ich will protestieren, aber dann zieht er mich einfach rein, drückt die Tür zu – und bevor ich mich versehe, küssen wir uns auch schon.

KAPITEL 29

MEIN GLÜCKSBONBON

Montagmorgen.

Ich sitze in der Agentur – mit aufgeklapptem Laptop, den ersten Kaffee vor mir – und versuche verzweifelt, mich zu konzentrieren.

Theoretisch müsste ich das Konzept für den neuen Kunden durchgehen.

Praktisch aber …

Meine Gedanken schweifen ab. Zu Corben. Zu gestern. Zu letzter Nacht. Dem ersten Teil davon. Ich bin nicht bei ihm geblieben, sondern nach Hause gefahren, nachdem wir wieder nicht die Finger voneinander lassen konnten.

Aber … wow.

Mein Handy macht *Pling!*

Eine Nachricht von Corben.

Sag mal … kann es sein, dass dieses Bonbon auf meinem Nachttisch von dir ist?

Ich grinse.

Von mir? Nie! Ich hinterlasse keine Spuren!

Also hat sich das Bonbon von selbst dorthin teleportiert?

Oder es gehört dem Eichhörnchen. Vielleicht ist es dir zu deiner Wohnung gefolgt, um sich über die nicht artgerechte Fütterung zu beschweren. Es mag Bonbons wohl lieber.

Gruselige Vorstellung … Also? Soll ich dir später dein Bonbon vorbeibringen?

Ich starre auf die Nachricht.

Bonbon. Pfff!

Warum nicht einfach zugeben, dass wir uns treffen wollen?

Okay. Nach der Arbeit. Und wehe, du hast was davon genascht!

Ich nasche nur von dir …

Wehe, da ist überhaupt kein Bonbon!

Dann fällt uns was anderes ein …

Stimmt, die Website zum Beispiel! Ich hab ja gesagt, ich mach mir Gedanken …

Perfekt. Dann besprechen wir das später. Bin schon ganz aufgeregt – wegen der Website. Natürlich.

Dass er es immer schafft, mich mit nur wenigen Worten … zu berühren.

Wenn nur schon Nachmittag wäre!

Ich rufe den Chat unserer Mädelsgruppe auf.

Mädels, wir müssen reden.

Caro: *Oh, das klingt gut! Heiß oder Drama?*

Helen: *Bitte lass es heiß sein.*

Ich: *Sagen wir … ich treffe ihn heute wieder.*

Caro: *Bibi. Bibi. BIBI.*

Helen: *HAHAHAHAHA. Ich sag's ja, das ist kein One-Night-Stand mehr.*

Ich: *Es geht nur um ein Bonbon.*

Helen: *Na klar. Nur ein Bonbon. Oder ein Kaugummi. Und meine letzte Diät war auch nur ein Stück Schokolade.*

Caro: *Gib's zu, du freust dich schon auf ihn!*

Ich: NEIN.

Caro: *LÜGE!*

Helen: *Was ziehst du an?!?*

Bibi: *Nichts Besonderes!*

Caro: *Also sexy.*

Ich stöhne und sperre das Handy. Die zwei sind echt unmöglich.

Aber … sie haben nicht ganz unrecht. Ich freue mich. Verflixt.

***

Nach der Arbeit fahre ich nach Hause, werfe meine Tasche aufs Sofa und beschließe, dass ich mich frisch machen muss.

Nicht für ihn.

Für mich. Der Tag war lang und anstrengend. Richard hat mich fast um den Verstand gebracht. Ich habe es noch geschafft, einige Entwürfe zu machen, aber Richards Reaktionen waren unentschlossen und widersprüchlich. So nervig. Dabei wüsste ich genau, wie es sein soll … ach egal.

Ich springe unter die Dusche und genieße es.

Gerade, als ich mir das Shampoo aus den Haaren spüle, klingelt es an der Tür.

Corben? Er ist zu früh.

Ich wickle mir hastig ein Handtuch um und eile zur Tür.

»Komm schnell rein.« Ich gehe nach hinten Richtung Wohnzimmer – es reicht, wenn wir Corbens Nachbarschaft mit meiner Nacktheit unterhalten.

Er hält eine kleine Tüte hoch. »Dein Bonbon-Lieferdienst ist da.« Sein Blick schweift über das Handtuch.

Ich muss lachen. Das Ganze ist doch echt verrückt.

»Oh, ein Bonbon … da freu ich mich aber. Also, es gehört doch mir. Das habe ich schon vermisst. Mein Glücksbonbon.«

»Ja, wusste ich es doch … Aaah …«

Rums!

Er ist ausgerutscht und liegt auf dem Boden. Hat er sich wieder den Kopf angehauen?

»Corben?« Ich stürze zu ihm.

»Ich weiß langsam nicht mehr, was du mit mir vorhast.« Er seufzt und bleibt liegen.

»Mist … ich …« Schuldbewusst schaue ich auf die Wasserlache, die ich beim Türöffnen verursacht habe.

»Ja, du warst das. Hast hier alles nass gemacht.« Wieder begutachtet er mein Handtuch.

»Ich war duschen! Dachte, ich habe noch Zeit …«

»Mhm.« Mit einem Ruck zieht er mir das Handtuch herunter.

Und dann ist es auch schon zu spät …

KAPITEL 30

WO IST DAS PROBLEM?

»Echt lieb von dir, dass du mir mein Lieblingsbonbon gebracht hast«, sage ich, während ich mir einen Pullover überziehe.

Corben lehnt sich grinsend an den Türrahmen. »Ja, so bin ich … selbstlos und uneigennützig.«

»Natürlich.« Ich verdrehe die Augen.

»Tja …« Er zieht sich sein Shirt glatt. »Dann …«

»Dann gehst du jetzt vermutlich?«

»Vermutlich, ja …«

Es ist absurd.

Wir beide wissen, dass das hier wieder nur ein verflixter Vorwand war. Aber keiner von uns spricht es aus.

Ich verschränke die Arme. »Dem Kopf geht's gut? Nachdem du wieder gefallen bist … sorry, übrigens.«

Er grinst. »Schon gut. Hast es mehr als gutgemacht.«

Ich werde rot – und werfe ihm das am nächsten liegende Sofakissen an den Kopf.

Corben lacht, weicht aus und kommt zu mir. Plötzlich stehen wir direkt voreinander, seine Augen ruhen auf meinem Gesicht.

»Nun, dann …«

Ich starre ihn an.

Warum will ich nicht, dass er geht? Nicht nur wegen … dem, was wir so gut können. Der Gedanke, ihn einfach hier bei mir zu haben, gefällt mir. Unser Filmabend war doch schließlich ganz nett.

»Willst du noch was trinken?«, platzt es aus mir heraus.

Sein Grinsen vertieft sich. »Klar, unbedingt.«

»Und hast du schon gegessen?«

»Zu Mittag. Warum? Hast du was?«

»Tiefkühlpizza.«

»Nehm ich.«

Er folgt mir in die Küche, wo ich den Kühlschrank öffne.

Was zur Hölle tue ich hier? Wir haben keine Beziehung. Er sollte gehen. So läuft das in einer unverbindlichen … was auch immer das hier ist.

»Okay, dann komm, such dir eine aus. Ich hab Salami und Spinat.«

Er lehnt sich über meine Schulter, so nah, dass ich seinen Atem spüre. »Tun wir einfach beide rein und teilen?«

»Ich dachte, du teilst dein Essen nicht gern.«

»Hab ja schon mal eine Ausnahme gemacht. Deinetwegen.«

Ich lächle. Ja, das hat er tatsächlich.

Wir packen die Pizzen in den Ofen, und ich versuche, diese ganze Situation nicht zu sehr zu analysieren.

»Also …« Corben lehnt sich an die Küchenzeile. »War dein Tag heute gut?«

Ich werfe ihm einen scharfen Blick zu. »Du meinst, abgesehen davon, dass mein Knutschfleck entdeckt wurde?«

Wurde er wirklich. Von Rita. Aber vielleicht hat sie mir die Geschichte mit der gespannten Wäscheleine abgenommen.

Er grinst. »Ja, genau.«

Ich seufze. »Mein Chef hat genervt.«

»Erzähl.«

»Willst du das echt wissen?« Ich hebe skeptisch eine Braue.

»Ja, los, raus damit.«

Ich mustere ihn kurz, dann zucke ich mit den Schultern. »Oder ich zeige es dir.« Ich schnappe mir meinen Laptop, gehe ins Wohnzimmer und setze mich aufs Sofa. Corben lässt sich direkt neben mir nieder.

»Also, es geht um diesen Auftrag.« Ich öffne die Datei. »Heute habe ich einige Sachen entworfen, aber Richard meint, dass das alles nicht passt. Oder vielleicht nicht passt. Oder vielleicht doch. Das darf ich mir dann aussuchen.« Ich zeige ihm meine Entwürfe.

Corben beugt sich vor, sein Blick ist konzentriert.

Es überrascht mich, wie ernsthaft er es betrachtet.

»Das hier ist richtig gut.« Er deutet auf den Entwurf, der mir selbst auch am besten gefällt. »Man sieht sofort, worum es geht. Die Farben, die Komposition – das hat Wiedererkennungswert. Richard hat keine Ahnung.«

Ich blinzle ihn an. »Das ist jetzt aber nett von dir gewesen.«

Corben lehnt sich zurück und zuckt mit den Schultern. »War ich jemals nicht nett?«

Wo er recht hat …

Er mustert den Bildschirm angestrengt. »Magst du mal was ausprobieren? Kannst du bei diesem Design das Logo ein bisschen nach links setzen? So lenken wir den Fokus auf das Wesentliche.«

Wir?

Hat er gerade *wir* gesagt?

»Klar, Moment …« Ich schiebe das Layout hin und her – und betrachte es. Dann sehe ich zu Corben und wieder auf den Bildschirm.

Wow!

»Du hast wirklich ein Auge für so was«, sage ich überrascht.

Er zuckt mit den Schultern. »Tja, ich habe halt ein Händchen für das Schöne. Deswegen sitze ich hier mit dir.«

Ich schubse ihn. »Was für ein Anmachspruch!«

Er zwinkert und lehnt sich grinsend zurück.

»Okay, dann pass mal auf … noch ein Gedanke.« Ich zeige ihm eine weitere Version.

»Ja, auch schön. Und … schau mal hier …«

Wir schieben Elemente herum, experimentieren mit Farben, probieren was Neues aus – und haben wirklich Spaß. Ich habe seit Ewigkeiten nicht mehr so unbeschwert an einem Projekt gearbeitet.

Ping!

Der Backofen meldet sich.

Ich springe auf. »Pizza ist fertig!«

»Wow, das war jetzt aber die höchste Priorität.«

»Ja, weil ich am Verhungern bin.« Ich nehme die Pizzen aus dem Ofen, schneide sie an und stelle sie mit zwei Tellern auf den Tisch. Und dann machen wir einfach weiter, als wäre es das Normalste der Welt.

Wir essen, reden, lachen. Und ich genieße es.

Viel zu sehr.

Es fühlt sich viel zu normal an. So, als wäre er jemand, mit dem ich das jeden Abend tun könnte. Und genau das macht mir Angst.

Corben lehnt sich entspannt zurück, nimmt noch ein Stück Pizza und erzählt eine Geschichte über einen schiefgegangenen Auftrag, der in einem Holz-Chaos und drei Bieren zu viel endete.

Ich lache, schüttele den Kopf, als würde ich das, was er sagt, für maßlos übertrieben halten – aber etwas in mir verändert sich.

Ich mag ihn.

Nicht nur … was auch immer das zwischen uns ist.

Ihn.

Und das war nicht der Plan.

Er setzt sich auf und streckt sich. »Tja, ich denke, es wird Zeit, dass ich gehe.«

Zwar nicke ich, aber … irgendwie will ich das gar nicht.

»Ja, vermutlich«, murmele ich.

Er mustert mich kurz, dann grinst er. »Ich schreib dir, wenn ich wieder was vergessen habe, ja?«

»Bitte nicht.«

»Doch.«

Ich schnaube, und er beugt sich zu mir.

Ein letzter Kuss.

Nicht fordernd, nicht wild.

Nur warm. Sanft.

Viel zu vertraut.

»Gute Nacht, Bibi. Bis morgen …«

Ich sage nichts, sehe ihm nach, wie er die Tür hinter sich schließt.

Bis morgen.

Als wäre das selbstverständlich.

Mein Herz klopft heftig und schickt tausend Fragen in meine Gedanken.

Seufzend lasse ich mich zurückfallen, strecke die Beine aus und atme tief durch.

Mein Blick fällt auf den Laptop. Es hat so viel Spaß gemacht.

»Das ist so …«

Meine Augen wandern zu Omas Bild.

Alles nur ein Zufall?

Dass Corben ihre Nummer hat?

Dass ich ihn getroffen habe?

Dass er sich einfach in mein Leben geschlichen hat – erst für eine Nacht, dann für zwei, dann für … keine Ahnung!

Ich seufze. »Oma, was hast du dir dabei gedacht? Hast du das überhaupt?«

Ich lächle. Oma.

Sie hätte mich mit hochgezogenen Augenbrauen angeschaut. »Kind, du suchst immer nach Zeichen«, hätte sie gesagt. »Nimm doch mal alles, wie es ist. Wenn es gut ist, ist es das eben gerade. Wo ist das Problem?«

Ja, wo ist das Problem?

KAPITEL 31

IN SEINE HÖHLE

Ich sitze hinter meinem Schreibtisch und spiele mit dem Kaugummi herum, den ich in meiner Laptoptasche gefunden habe. Eindeutig von Corben. Er hat ihn dort reingesteckt.

Oder ist das nur Zufall?

Ich sollte mich auf meine Arbeit konzentrieren.

Aber mein Kopf ist nicht hier.

Er ist bei gestern Abend.

Bei Corben.

Bei seiner Art, mich anzusehen.

Bei unserer gemeinsamen Arbeit an den Grafiken, die nun bei Richard liegen. Die perfekt sind. In meinen Augen zumindest. Denn Richard wird bestimmt wieder was zu meckern haben.

Wahrscheinlich werde ich ihm in den nächsten Tagen immer wieder neue Entwürfe vorlegen müssen – bis ich endlich richtig geraten habe.

Corben hat mir heute Morgen eine Nachricht geschickt:

Mach dir keinen Kopf wegen der Grafiken, die sind super.

Ich habe noch nicht geantwortet. Aber jetzt … wird es Zeit.

Doch bevor ich tippen kann, bekomme ich eine weitere Nachricht von ihm.

Kann es sein, dass du einen meiner Kaugummis gefunden hast?

Ich lache leise und mache ein Foto von dem Kaugummi in meiner Hand. Dann schicke ich es ihm.

»Hast du noch einen für mich?« Rita steht vor meinem Schreibtisch.

»Ähm … Kaugummi?«

Sie nickt. Dann lächelt sie. »Ich tausche Kaugummi gegen Kaffee. Willst du Kaffee?«

»Ja, bitte.«

Sie stellt die Tasse vor mir ab, nimmt sich den Kaugummi und setzt sich dann mit einer viel zu neugierigen Miene mir gegenüber.

»Du strahlst so sehr«, stellt sie fest. »Kann es sein, dass du verliebt bist?«

Ich zucke zusammen. »Was? Nein, also … nein! Ich denke nur nach.« Schnell versuche ich, ein neutrales Gesicht aufzusetzen.

Verliebt?! Also bitte!

Rita lehnt sich mit einem wissenden Lächeln zurück. »Jaja. Dieses Grinsen, der Knutschfleck …«

Ich will gerade protestieren, als mein Handy erneut vibriert.

Corben: *Oh, den habe ich echt vermisst. Wo hast du ihn denn gefunden?*

Ich schnaube.

Er war in meiner Laptoptasche … sehr mysteriös.

Mist, den hätte ich heute echt gebrauchen können.

O ja, tut mir leid. Dann muss ich ihn dir wohl bringen … Wobei – ich musste ihn gegen Kaffee tauschen. War dringend. Das verstehst du sicher. Ich besorge dir einen neuen.

Tja, wenn du dich schon so bemühst … Bring ihn aber bitte zur richtigen Adresse. Geht bei dir heute um 17 Uhr?

Ich runzle die Stirn. Was?

Rita hebt eine Braue. »Der Verehrer? Sexy Oma …«

Ich lege das Handy auf den Tisch. »Nein, also … so ist das nicht.«

»Wie ist es dann?«

»Wir schreiben nur so hin und wieder.«

Rita grinst. »Schon klar. Hach, ist doch schön, Schmetterlinge im Bauch.«

»Nee, keine Schmetterlinge …«

»Mhm.« Rita nimmt genüsslich einen Schluck Kaffee. »Versuch es nicht zu leugnen.«

Ich verdrehe die Augen. Als ob.

Dann sehe ich wieder auf mein Handy.

Pling!

Corben hat mir eine Adresse geschickt.

Was ist dort?, schreibe ich zurück.

Das siehst du dann. Sei gespannt …

Omg.

Warum kribbelt mein Bauch?

Oder flattert da wirklich was? Doch Schmetterlinge? Nein … doch – nein …

Ich starre auf mein Handy.

Was hat er vor?

»Bibi, kommst du mal eben?«, ruft Richard.

»Ja.«

Aber vorher schicke ich noch schnell ein Daumen-hoch-Emoji an Corben.

***

Um halb fünf mache ich mich auf den Weg. Ich bin irgendwie beflügelt. Richard hatte heute mal nichts zu meckern. Und … ja, ich will Corben davon erzählen.

Bei dem Gedanken muss ich lächeln.

Und dann fällt mir wieder ein, dass ich keine Ahnung habe, wohin ich überhaupt fahre.

In der U-Bahn schreibe ich Helen und Caro.

Mädels … Corben hat mir eine Adresse geschickt und will, dass ich dahin fahre?! Ich soll gespannt sein …

Helen: *Oh. Mein. Gott. ER FÜHRT DICH ZU SEINER HÖHLE?!*

Caro: *Oha. In sein Spielzimmer?*

Ich: *Könnt ihr mal normal sein?!*

Helen: *Nein. Bist du aufgeregt?*

Ich: *Ja. Nein. Vielleicht.*

Caro: *Du sollst also gespannt sein? Hast du noch nicht alles von ihm gesehen?*

Ich: *Augenroll-Smiley*

Helen: *Also was glaubst du? Was erwartet dich dort?*

Ich starre auf das Handy.

Hm, keine Ahnung, was mich dort erwartet.

Ich: *Wenn ich es herausgefunden habe, melde ich mich …*

Die U-Bahn hält, und ich steige aus.

Mein Herz schlägt schneller.

Jetzt ... werde ich herausfinden, was Corben vorhat.

Ich bin so dämlich. Wie ein verliebter Teenager vor dem ersten Date. Vielleicht ist da einfach nur ein Restaurant, in dem Corben essen möchte. Oder ich soll ihn von der Arbeit abholen – weil er es kaum erwarten kann, mich zu sehen?

Kann er es kaum erwarten?

Dann wäre ich wenigstens nicht die Einzige, die sich so albern aufführt.

KAPITEL 32

DIE VERSCHLUNGENEN

Es ist ein altes Fabrikgebäude, das offensichtlich umgebaut wurde. Ich kann von außen nicht viel erkennen, aber ich wette, dass jetzt schicke Lofts da drin sind.

Zweiter Stock, links, stand in Corbens Nachricht.

Ich stehe vor der Tür. Mein Herz schlägt schneller, als ich nach der Klingel suche.

Warum bin ich so aufgeregt?

Weil du keine Ahnung hast, was er hier mit dir vorhat, Bibi!

Vielleicht doch ein Spielzimmer.

O Gott! Zuzutrauen wäre es ihm. Soll ich mir schon mal ein Safeword ausdenken? Eichhörnchen? Nein, unsexy. Lutschbonbon? Hm. Kaugummi?

Ich atme tief durch und drücke auf den Klingelknopf.

Keine zwei Sekunden später geht die Tür auf.

Lässig wie immer steht Corben vor mir, mit diesem unverschämten Grinsen, das mir jedes Mal den Boden unter den Füßen wegzieht.

»Bist du aufgeregt?«, fragt er und lehnt sich in den Türrahmen.

Ich verschränke die Arme. »Ich? Pfff. Nein.«

Er hebt eine Braue. »Aha. Angst?«

»Bitte!« Ich lache nervös. »Wovor denn?«

Er lehnt sich näher zu mir. »Wer weiß, was ich mit dir vorhabe?« Seine Stimme ist tief und sein Tonfall provokant.

Mein Magen zieht sich zusammen – und nein, es ist keine Angst. Es ist dieses kribbelnde Unbekannte.

»Na dann … legen wir mal los«, sage ich und gehe an ihm vorbei hinein.

Es ist dunkel.

Die Tür schließt sich, und ich spüre Corbens Anwesenheit direkt hinter mir.

»Bleib hier stehen«, sagt er leise.

Ich höre, wie er sich durch den Raum bewegt, ein paar Sekunden vergehen …

Dann geht das Licht an.

Ich blinzele. Mein Mund öffnet sich – aber ich sage nichts. Ich kann nicht. Weil …

Wow!

Ich stehe inmitten eines großen Raums voller Skulpturen. Holzarbeiten in Designs, die mich sofort in ihren Bann ziehen. Mir fällt ein, dass ich solche Skulpturen bereits in Corbens Wohnung gesehen habe.

»Die hast du alle gemacht?«, flüstere ich, als könnte lautes Reden die Magie zerstören.

Er lehnt sich mit verschränkten Armen gegen einen Tisch und beobachtet mich. »Jap.«

Ich gehe näher an eine Skulptur, streiche vorsichtig mit den Fingern über das dunkle Holz. Sie sieht aus wie ein eingefrorener Wasserfall. Ich meine, ein Gesicht darin zu erkennen. Die Linien sind so weich, so perfekt gearbeitet, dass sie fast lebendig wirken.

»Corben … das ist unfassbar.«

Er grinst leicht. »Ist das etwa ein Kompliment?«

Ich schaue ihn an. »Ein sehr ernst gemeintes sogar.«

Sein Blick bleibt auf mir. »Ich hätte dich früher hierher einladen sollen, damit ich Eindruck schinden kann.«

»Tja, hast du aber nicht.« Ich wende mich der nächsten Skulptur zu. Die Faszination lässt mich nicht los. Es ist ein zerbrochener Kreis aus hellem Holz. Der Bruch ist poliert, als wäre er langsam entstanden. »Hättest du aber tun sollen«, setze ich leise hinzu.

»Ich zeige sie nicht jedem.«

»Nicht jeder?«

Corben runzelt leicht die Stirn, ohne mit dem Lächeln aufzuhören. »Nicht jeder.«

Mein Herz klopft heftig, und ich gehe weiter. Zu einer Skulptur, die aus zwei Holzstücken besteht, die sich umeinander winden, als wären sie einst ein einziger Stamm gewesen. Trotz der Drehungen berühren sie sich an keiner Stelle – eine Verbindung, die beinahe existiert, aber nicht ganz greifbar ist.

»Das ist unglaublich schön«, sage ich.

Corben ist neben mich getreten. »Ja, so nah und trotzdem … Manche Menschen umkreisen einander wie Planeten, sie ziehen sich an, ohne sich je zu berühren. Eng verbunden und doch getrennt, als würde das Universum verhindern wollen, dass sie eins werden. Vielleicht ist es Angst, vielleicht Schicksal. Vielleicht wollen sie es auch gar nicht anders – so bleibt die Spannung erhalten, die Möglichkeit offen. Aber sie werden sich nie wirklich greifen. Das kann genug sein – oder eine Qual.«

Inzwischen stehen wir dicht voreinander.

Die Luft zwischen uns vibriert, ist dicker geworden. Wärmer.

Wir reden über Kunst. *Seine* Kunst.

Aber …

Eigentlich tun wir das nicht mehr.

Ich gehe einen Schritt auf ihn zu, er bleibt regungslos.

Sein Blick wandert von meinen Augen zu meinen Lippen.

Mein Herz schlägt schneller.

»Weißt du …?«, murmelt er und hebt langsam eine Hand. »Du passt hier rein.«

»Wie meinst du das?«

Seine Fingerspitzen streichen über eine Haarsträhne an meinem Ohr.

»Kunst. Design. Kreativität. Du und ich. Das fühlt sich … richtig an.«

Ich schlucke. »Corben …«, setze ich an, aber mein Satz stirbt, als seine Hand von meinem Ohr tiefer wandert.

Sein Daumen streicht sanft über meine Unterlippe.

Ich kann nicht mehr denken. Ich spüre nur noch ihn. Wie nah er ist. Wie sehr ich ihn will.

Er lehnt sich ein Stück vor. »Soll ich dir noch was zeigen?«

Ich atme ein. »Was denn?«

»Dich in meinen Armen.«

Und dann …

Küsst er mich.

Es beginnt langsam, als wolle er sichergehen, dass ich das auch wirklich will.

Spoiler: Ich will es!

Es fühlt sich anders an. Neu.

Ich ziehe ihn näher, spüre, wie seine Hände meine Taille umschließen, mich an sich ziehen.

Sein Atem ist warm, sein Kuss intensiver, hungriger.

Ich spüre seine Hände überall.

Er hebt mich plötzlich auf den Arbeitstisch, drängt sich zwischen meine Beine.

Ich keuche, als seine Lippen zu meinem Hals wandern, seine Finger sich in mein Shirt graben.

»Bibi …«

»Mhm …«

Ich verliere mich in ihm.

Ich verliere mich in uns.

Und ich will nichts anderes.

KAPITEL 33

DURCH DEN TEST GEKOMMEN

Ich sitze immer noch auf dem Tisch, meine Finger sind mit Corbens Shirt verschlungen. Mein Atem ist schwer, und er sieht mich mit diesem Blick an – diesem Blick, der mich einfach umhaut.

Doch dann atmet er tief durch und lehnt seine Stirn gegen meine.

»Also … ich nehme an, du magst meine Kunst?«, fragt er leise, seine Stimme rau.

Ich lache, weil es absurd ist, jetzt darüber zu reden. »Ja, sehr sogar. Hattest du das dabei im Sinn, als du diesen Tisch gebaut hast?«

»Mag sein.« Seine Hände liegen noch immer an meinen Hüften, sein Daumen streicht gedankenverloren über meinen Rücken. »Und Richard?«, fragt er dann, seine Stimme neckend. »War der heute auch so begeistert von *deiner* Kunst?«

Ich stöhne gespielt genervt. »Richard hat sich ausnahmsweise mal zusammengerissen. Keine Kritik. Nichts. Das war fast gruselig.«

»Also hattest du einen Erfolgstag.«

»Ja, irgendwie schon.«

Ich sehe zu den Skulpturen, dann wieder zu Corben. »Du brauchst wirklich eine Website. Deine Arbeiten sind viel zu gut, um sie zu verstecken.«

»Ich dachte, deswegen bist du hier.«

»Wehe, du machst jetzt eine anzügliche Bemerkung wegen der Bezahlung.«

Er lacht. »Das würde ich niemals tun. Wenn, dann hättest du mich bereits bezahlt.«

Ich haue ihn leicht gegen die Brust. »Keine Bemerkung, habe ich gesagt.«

»Entschuldige«, flüstert er und beugt sich vor, als wolle er mich noch einmal küssen.

Ich lege eine Hand auf seine Brust und stoppe ihn spielerisch. »O nein, keine Ablenkung. Erst die Website, dann … wir.«

Er lacht. »Das ist ein verdammt harter Deal.«

Ich springe vom Tisch und ziehe mein Shirt glatt. »Tja, so bin ich eben.«

Er streicht sich durch die Haare. »Okay. Also, was jetzt? Du willst bestimmt nach Hause?«

Irgendwie … weiß ich es nicht.

Ich beiße mir auf die Lippe. »Oder wir gehen noch eine Runde spazieren?«

Er sieht mich überrascht an, dann nickt er. »Klingt gut.«

***

Es ist angenehm kühl draußen, aber nicht zu kalt. In seiner Werkstatt war ich wie im Rausch. Die Skulpturen, diese greifbare Kreativität, Corben in seinem engen Shirt … Ich brauche definitiv frische Luft.

Wir laufen nebeneinander durch die Straßen, die Hände tief in den Taschen. Nicht, dass er noch auf die Idee kommt, wir könnten Händchen halten.

Oder wäre das okay?

Es fühlt sich zwischen uns … normal an. Fast zu normal.

»Also«, sagt Corben nach einer Weile. »Hast du darüber nachgedacht?«

»Worüber?«

»Ob deine Oma mich mag.«

Ich lache. »O bitte, Corben. Das Eichhörnchen hat dich gebissen.«

»Das muss ja nichts heißen.«

»Du hast ins Spiel gebracht, dass meine Oma es geschickt hat.«

»Und du hast behauptet, ihr Geist könnte darin stecken.«

»Hm.«

»Was?«

»Oma hätte dich nicht gebissen. Ich glaube, du bist ganz gut durch den Test gekommen.«

Er grinst. »Ich hätte wirklich gerne gewusst, was sie zu mir gesagt hätte.«

Ich schnaube. »Das kann ich dir sagen: *Angst vor Eichhörnchen und Nadeln? Ich weiß nicht, was schlimmer ist.*«

Er lacht. »Oh, ich hätte sie sehr gemocht.«

»Ja, das haben viele. Sie war … besonders.«

Kurz ist es still.

Dann stupst er mich unvermittelt mit der Schulter an. »Und? Was machen wir am Donnerstag?«

Ich stöhne. »Nicht dran erinnern. Ich habe eigentlich keine Lust, dahin zu gehen.«

»Aber Bibi. Jemand muss dir doch beistehen. Jörg wird sich wünschen, er hätte dich nie verloren. Und meine bescheidene Meinung? Er ist ein Idiot.«

Wie er das sagt und wie seine Augen meine suchen … Ist da doch mehr? Ist dieses Flattern gerade echt?

»Ach ja? Wie willst du das denn machen?«

»Na ja, jetzt, da diese Nicole verkündet hat, dass wir offiziell zusammen sind … wirst schon sehen.«

»Na gut, dann geben wir den Affen ein bisschen Zucker.« Ich seufze.

»Begeistert klingt anders. Dabei freue ich mich schon richtig. Unser erstes offizielles Fake-Date.«

»Kein Date. Eine Mission.«

»Ist mir egal, wie du es nennst. Ich werde keine Gelegenheit auslassen, zu zeigen, dass ich die Finger nicht von dir lassen kann.« Er wackelt mit den Augenbrauen.

»Du bist unmöglich.«

Er zwinkert. »Du liebst es.«

Vielleicht … ja, vielleicht tut ein kleiner Teil von mir das wirklich.

KAPITEL 34

WO IST DAS PROBLEM?

»O mein Gott, das ist ja mal super romantisch«, sagt Helen, als ich sie am nächsten Morgen anrufe.

»Ja, ach, keine Ahnung.« Meine Gedanken sind wirr. Zu wirr, um sie in Worte zu fassen.

»Pass auf, wir treffen uns heute zum Mittagessen. Du arbeitest doch heute von daheim aus … wegen seiner Website …« Wie sie das sagt … als wäre es ein Codewort für geheimes Verlangen – und ja, vielleicht ist es das tatsächlich.

Doch ich schiebe den Gedanken gleich wieder zur Seite. Ich bin noch nicht bereit dafür, mich damit auseinanderzusetzen.

»Na schön«, erwidere ich. »Caro hat auch schon gefragt, wann wir uns wieder treffen. Ist schon zu lange her.«

»Allerdings. Also dann sagen wir halb eins im *UniKorn*?«

»So machen wir es. Schreibst du es noch in die Gruppe?«

»Mach ich. Also bis dann und gutes Gelingen.« Sie legt auf.

Gutes Gelingen. Was sie damit meint?

Romantisch. Ist es das?

Nein, nicht direkt … wobei, doch. Romantisch – jedenfalls war das, was Corben zu mir gesagt hat, romantisch. Dass Jörg ein Idiot ist.

Pling!

Helen hat den Termin in die Gruppe gestellt.

Jetzt sollte ich mich auf was anderes konzentrieren und nicht ständig darüber nachdenken, dass mich das, was Corben gesagt hat, wirklich berührt hat. Zeigen seine Worte nicht, dass er etwas für mich empfindet?

In den letzten Tagen haben wir definitiv mehr Zeit miteinander verbracht, als ich es mir am Anfang hätte vorstellen können oder wollen.

Aus einem »Kein Küsschen unter dieser Nummer« ist irgendwie ein »Wir küssen uns, wann immer wir uns sehen« geworden. Ein »Wir erfinden die abstrusesten Vorwände, um uns wiederzusehen«.

Und ich muss zugeben, dass es schöner ist, als ich es mir je hätte ausmalen können.

Ach Mann! Kann ich mein Hirn gar nicht mehr ausschalten? Ich denke die ganze Zeit nach, wälze umher, drehe alles um – und wofür?

Wieder kommt mir dieser Satz in den Kopf: *Wo ist das Problem?*

Genau das würde Oma mich fragen.

Wenn etwas gut ist, dann ist es eben gut. Also warum sich den Kopf zerbrechen?

Weil es nicht so einfach ist. Oder? Vielleicht doch. Es ist nur eine Affäre. Wir waren im Bett, ohne uns zu kennen. Daraus kann nichts Ernstes werden. Nur, weil wir uns körperlich anziehen, muss nichts Tiefgründiges dahinterstecken.

Außerdem muss man nicht unbedingt alles benennen. Es ist einfach, was es ist. Ohne Namen, ohne Schublade.

Wir kennen uns nicht. Ich weiß kaum etwas über ihn.

Oder weiß ich genug?

Reicht es, von einem Menschen nur zu wissen, dass sich alles gut mit ihm anfühlt?

Ihm scheint es genauso zu gehen. Sonst würden wir doch nicht so viel Zeit miteinander verbringen – und das tun wir ganz offensichtlich freiwillig.

Diese Ungewissheit! Ich werde wahnsinnig.

Das Problem ist, dass ich ihn mag, obwohl ich es nicht sollte. Nicht nach so kurzer Zeit.

Außerdem bin ich wegen der Einladung bei Nicole morgen nervös.

Fake-Date.

Es soll kein Fake sein.

Schluss jetzt!

Ich muss arbeiten. Ablenkung bekomme ich nachher beim Mittagessen.

Tief durchatmen, einen Kaffee machen – und zurück an den Laptop.

Ich habe mir schon einige Gedanken zur Website gemacht – klar, es war hilfreich, gestern zu sehen, was Corben genau macht. Gerade das beflügelt meine Kreativität.

Eine Weile schaffe ich es, konzentriert vor mich hin zu arbeiten, schiebe Elemente herum, designe … als es *Pling!* macht.

Ich werfe einen Blick aufs Handy.

Eine Nachricht von Corben.

Kann es sein, dass du gestern was im Atelier liegenlassen hast? Hab vergessen, was es ist …

Kann gut sein … Super, dass du es gefunden hast. Ich brauche es dringend. Kannst du es mir vorbeibringen. Heute?

Daumen-hoch-Emoji *17 Uhr?*

O Mann!

Warum freue ich mich so sehr darauf?

Passt. Super, bis dahin.

Dann sehen wir uns später. Ich hab auch noch was anderes für dich …

Ja, ja, kenn ich schon …

Nein, kennst du nicht.

Er hat etwas für mich? Mein Herz klopft vor Aufregung. Noch sechs lange Stunden.

KAPITEL 35

ALLES SO UNKOMPLIZIERT

Um Punkt siebzehn Uhr klingelt es an der Tür.

Das Treffen mit Helen und Caro war zum Glück entspannt. Ich habe die beiden auf den neuesten Stand gebracht – und dann den Spieß umgedreht. Caro hat nämlich eine Nachricht von einem Kerl bekommen, den sie am Wochenende kennengelernt hat. Damit war ich dann aus dem Fokus und konnte *ihr* mal ungefragt Ratschläge geben. Natürlich mit Helens Unterstützung.

Danach habe ich noch viel geschafft und freue mich jetzt darauf, Corben meine Entwürfe zu zeigen. Ich habe ein paar Bilder von Instagram heruntergeladen und damit herumgespielt.

Aaah, ich bin aufgeregt.

»Hey«, sagt er, nachdem ich die Tür geöffnet habe.

Dann beugt er sich vor und gibt mir einen Kuss – locker, selbstsicher, aber mit diesem neugierigen Lächeln, das mich jedes Mal aus dem Konzept bringt.

Mein Herz hämmert viel zu heftig.

»Und?«, frage ich. »Was habe ich vergessen?«

»Ah, ja, also … ich denke, der hier müsste von dir sein?« Er hält mir Lippenbalsam hin.

Ich bin mir ziemlich sicher, den nicht bei ihm benutzt zu haben. Ob er den absichtlich aus meiner Tasche genommen hat? Bei der Vorstellung schlägt mein Herz noch schneller.

»Stimmt.« Ich nehme ihm den Lippenbalsam ab. »Danke, jetzt bin ich aber erleichtert, dass ich den wiederhabe.«

Er lacht. »Ja, dachte ich mir.«

»Superlieb, dass du es mir bringst.«

»So bin ich eben.«

Ich betrachte das kleine Pflaster an seinem Finger, das auf der Stirn – ja, wir haben in den letzten Tagen wirklich einiges erlebt.

»Und? Was hast du noch für mich?«

Er lacht. »Du bist echt ungeduldig … Nun …«

»Nun was?«

Ich gehe in die Küche, und er folgt mir – mit diesem Funkeln in seinen blauen Augen.

O Gott. Ich will ihn schon wieder nur küssen … und …

»Ist das für mich?« Sein Blick wandert zum Laptop.

»Oh, ja! Also, ich hab ja auch was für dich …«

»Du hast an der Website gebastelt?« Neugierig tritt er näher.

»Ja, setz dich, dann zeig ich dir alles.«

»Super! Das ist ja eine Überraschung!« Er scheint sich aufrichtig zu freuen.

»Das sind nur Vorschläge«, erkläre ich. »Man kann alles ändern.«

Und dann gehen wir gemeinsam die Designs durch, die Bilder, die Grafiken. Corben nickt, ergänzt, hat eigene Ideen – und es funktioniert schon wieder so gut zwischen uns. Es macht unglaublich viel Spaß.

Als wir fertig sind, leuchten seine Augen. »Bibi … das ist richtig gut. Wirklich. Danke von Herzen.«

Seine Worte berühren mich mehr, als sie sollten. Die Zeit ist verflogen – mittlerweile ist es schon kurz vor sieben.

»Klingt alles wilder, als es ist. Wir müssen noch den Host …«

Pling!

Sein Handy leuchtet auf, und ohne dass ich es will, wandert mein Blick darauf.

Hanna: *Danke für gestern … Freu mich aufs nächste Mal.* Herzchen

Oh. Okay.

Was zur Hölle?!

Plötzlich schwirren tausend Gedanken in meinem Kopf herum.

Aber ich sage nichts, sondern schaue schnell wieder auf den Laptop.

Tue so, als hätte ich nichts gesehen.

Oder sollte ich ihn einfach darauf ansprechen? Nein, das wäre bescheuert.

Aber was meint diese Hanna mit *Freu mich aufs nächste Mal.* Herzchen?

Ist das jetzt der Moment, in dem ich nach dem Haken suche? Nach dem Fehler in all dem hier?

Ich meine … wir sind nichts, oder?

Corben nimmt sein Handy, tippt schnell eine Antwort und legt es mit dem Bildschirm nach unten wieder hin.

»So, also … wo waren wir?«, fragt er. Seine Stimme klingt völlig normal.

Und ich?

Ich muss, ich will, ich darf mir nichts anmerken lassen.

Also erkläre ich weiter.

So, als wäre nichts gewesen.

Doch in mir drin …

Keine Ahnung, wie es in mir aussieht. Es sollte mich kalt lassen – tut es aber nicht. Trotzdem versuche ich, es wegzuschieben. Was bringt es auch, sich darüber Gedanken zu machen?

»Okay, dann haben wir das«, sage ich schließlich.

»Ja, und jetzt?« Corben grinst – sein Handy klingelt. Er wirft einen Blick aufs Display, räuspert sich und geht zur Tür. »Sorry, da muss ich rangehen.«

Ob das diese Hanna ist?

Ich höre, wie er in der Diele spricht, mit gedämpfter Stimme – und mein Herz klopft schmerzhaft. Mist, ich will solche Gefühle nicht.

»Ja, passt so«, sagt er lauter. »Morgen? … Ich melde mich später.« Dann kommt Corben zurück in die Küche. »Bibi, ich weiß, ich habe gesagt, ich hätte noch was für dich, aber … ich muss jetzt leider doch los. Hab einen kleinen Notfall.«

»Einen Notfall?«

»Ja, also es geht um …«

Ich hebe die Hand. »Schon gut, du musst mir nichts erklären, wirklich. Ich bin eh müde.«

Er hebt eine Braue. »Wirklich?«

»Ja, alles gut.« Ich stehe auf, um ihn zur Tür zu bringen.

Warum habe ich ihn nicht einfach ausreden lassen?

Weil ich Angst vor der Antwort habe?

Ich habe nicht weiter darüber nachgedacht, aber es ist keine Überraschung, dass er sich mit anderen Frauen trifft. Seit seiner ersten Nachricht weiß ich das. Und er soll jetzt nicht denken, dass er mir in irgendeiner Art und Weise eine Erklärung schuldet. So bin ich nicht. So will ich nicht sein.

»Wir holen das nach, versprochen«, sagt Corben. »Ich freu mich auf morgen – denen zeigen wir es.«

Ich lächle. »Ja, das machen wir.«

Er lächelt ebenfalls. Dann beugt er sich vor … und gibt mir einen Kuss auf die Wange.

Oh.

Okay. Ist ja nicht schlimm, oder? Oder doch? Warum auf die Wange? Warum nicht auf den Mund?

»Freut mich, dass es mit uns so unkompliziert ist«, sagt er jetzt auch noch. »Hatte ich noch nie.«

Mein Herz zieht sich zusammen. Diese Worte sagen so viel. Wenn ich heute noch erwogen hatte, ihn zu fragen, was das mit uns ist – dann hat sich das hiermit erledigt.

»Klar«, erwidere ich und versuche, mir nichts anmerken zu lassen. »Freut mich auch. Und jetzt husch, raus mit dir.« Ich öffne die Tür.

Corben schaut mich intensiv an. »Schlaf gut. Ich träume auf alle Fälle von dir.«

»Das kannst du gerne machen.« Ich schließe die Tür hinter ihm und lehne mich dagegen.

Bin ich bescheuert. Alles ist doch eigentlich genau richtig. Das mit uns ist etwas Unkompliziertes. Auf keinen Fall darf ich mich da hineinsteigern.

Es ist egal, was er macht. Mit wem er sich trifft.

Ich bin bescheuert, wenn ich hier stehe und darüber nachdenke, ob es mich stört. Sollte es nicht – nein, darf es nicht.

Ich gehe ins Wohnzimmer und lasse mich aufs Sofa fallen.

»Oma, was mache ich hier nur?«, frage ich laut.

War das Eichhörnchen eine Warnung von ihr?

Dann hätte es ihn nicht nur in den Finger beißen sollen.

Was hätte ich anders machen sollen?

Zuerst einmal muss ich mich wieder locker machen.

Die Frage ist – kann ich das überhaupt?

Aber egal, wie die Antwort lautet, viel wichtiger ist: Wohin soll das führen?

Keine Ahnung.

Ob er mir später noch einmal schreibt?

Nein, genau das verunsichert mich nämlich. Dieses scheinbare Interesse an mir als Person. Er soll nicht schreiben, dann weiß ich nämlich eher, woran ich bin. Und das brauche ich dringend.

KAPITEL 36

SCHWEIGEN UND GENIEẞEN?

»Mädels, ich bin offiziell bescheuert.«

Mein Handy liegt auf dem Bett. Helen und Caro habe ich auf Konferenz geschaltet. Nebenbei mache ich mich für den Abend fertig. Gerade lege ich meine Ohrringe an und betrachte mich im Spiegel. Ich trage eine weite dunkle Stoffhose und eine blaue Seidenbluse, weil ich mag, wie sie meine Augen hervorhebt.

»Ach, das war jetzt die dringende Info?«, fragt Caro. »Sind wir nicht alle drei bescheuert und genau deswegen befreundet?«

Ich lache, und Helen gluckst.

»Ja, sind wir. Aber ich bin superbescheuert. Mal ehrlich, was habe ich mir nur mit dieser Sache mit

Corben gedacht? Warum tun wir das? Ich will da heute nicht hingehen.«

»Klar machst du das! Allein der Blick von Sabine – und auch der von Jörg – wird Gold wert sein. Zieh das durch!«

»Ja, die dummen Blicke der beiden wären es wert. Aber seit gestern fühlt es sich komisch an.«

Helen seufzt. »Wir haben es dir heute Vormittag schon gesagt: Nur weil er dir einen Kuss auf die Wange gegeben hat und meint, dass es unkompliziert zwischen euch ist, heißt das noch lange nichts Negatives.«

»Ja, aber positiv klingt das auch nicht. Eher nach: Das ist eine Sache, die eben läuft, und wenn was Besseres kommt, werfe ich dich weg.«

»Also, wenn es dir so auf dem Herzen liegt, dann sprich ihn darauf an«, schlägt Caro vor.

»Nein, es … es ist mir ja auch egal.«

»Himmel, genau das ist es doch nicht! Sonst hättest du nicht diese Gedanken. Du hast die Zeit mit ihm genossen, ihr habt einiges gemacht. Also, ich denke, es ist nicht schlimm, wenn man jetzt mal nachhakt, was das ist.«

»Ich muss Caro recht geben. Manchmal sollte man schweigen und genießen, aber den Punkt habt ihr wohl schon überschritten.«

»Aber ich weiß doch, was er sagen wird. Es ist nichts Ernstes … so habe ich es ja auch immer wieder kommuniziert. Wobei … Hm.«

»Ja, so ein Unsinn«, sagt Caro. »Merkst du selbst, oder? Ihr habt gar nichts kommuniziert. Das ist doch eher so ein stillschweigendes *Wir lernen uns kennen*.«

»Ach, keine Ahnung.«

»Jetzt hör auf damit. Genieße den Abend. Der Rest ergibt sich, okay?«

»Und wenn sich nichts ergibt, dann rede mit ihm«, ergänzt Helen. »Ich hasse es, wenn Menschen nicht aussprechen, was sie wollen. Das macht doch nie Sinn.«

Ich gehe mit dem Handy in der Hand in die Küche.

Warum bin ich so nervös?

»Was, wenn mir seine Antwort nicht gefällt?«

»Weißt du denn selbst, was du willst?«

Tja, damit hat Helen den Punkt getroffen.

»Hängt davon ab, was er sagt«, erwidere ich trotzig.

»Dann musst du mit ihm reden.«

Plötzlich ertönt von draußen ein lautes Motorengeräusch. Was ist das denn?

Ich blicke aus dem Fenster, während ich es schließen will.

Jemand ist mit einem Motorrad vorgefahren.

Hat Karin von oben etwa wieder einen neuen Typen?

Kopfschüttelnd drehe ich den Fensterknauf – da nimmt der Kerl den Helm ab.

O verflixt!

Corben!

Mir bleibt fast die Luft weg.

»Mädels, Corben ist gerade mit einem Motorrad vors Haus gefahren.«

»Wie geil!«, ruft Caro.

»Ich weiß nicht …«

»Das ist sexy«, ruft Helen. »Die werden alle gucken – jeder liebt Männer auf Motorrädern!«

Es klingelt an der Tür.

»Da steige ich nicht drauf.«

Helen und Caro lachen.

»Jaja«, sagt Helen lachend. »Viel Erfolg! Wir denken an dich – zeig es Jörg und Sabine!«

Dann beenden wir das Telefonat, und ich gehe zur Tür.

Ehe ich sie öffne, werfe ich noch einen Blick in den Spiegel im Flur.

Alles wird gut. Keine Panik. Mein Outfit sitzt. Ich sehe gut aus. Was heute Abend passiert … ist nur Show. Mehr nicht.

Oder doch?

Soll ich mit ihm reden?

Es klingelt wieder.

Ups.

Schnell drücke ich auf den Summer. Schritte nähern sich – und dann steht Corben vor mir.

»Warst du noch auf dem Klo?«, fragt er grinsend.

»Was? Nein! Und selbst wenn …«

»Wow!« Er mustert mich von oben bis unten.

»Wow, was?«

»Du siehst echt toll aus. Kann ich da mithalten?«

Ich mustere nun ihn. Er trägt eine enge, dunkle Jeans und unter der dunklen Lederjacke ein blaues Hemd – was seine Augen ebenfalls stärker hervorhebt.

Ob er mithalten kann?

Als ob er das nicht selbst wüsste. Er sieht sogar noch besser aus als sonst, auch wenn ich das nicht für möglich gehalten hätte.

Was denke ich da?!

»Du willst doch nur, dass ich dir ein Kompliment mache«, sage ich.

»Ja, das wäre nicht schlecht. Also?« Er beugt sich zu mir – und diesmal landet der Kuss nicht auf der Wange.

Okay. Vielleicht ist doch alles halb so wild.

»Mein Schatz« sagt er jetzt, und mein Herz klopft heftig.

Mist.

Es wird immer schlimmer. Das darf es nicht.

Wir sind unkompliziert … ungezwungen. Das hatte er noch nie …

»Mein Schatz«, wiederhole ich mit Gollum-Stimme, und er lacht.

»Das muss schon etwas liebevoller klingen. Wir sind doch jetzt ein Paar. Vergiss das nicht. Bereit für das große Spiel?«

Doch nur ein Spiel?

Ja, natürlich, Bibi. Was hast du denn gedacht?

»Alles okay?«, fragt er, und ich räuspere mich.

»Ja, ja, alles gut. Aber … ich soll doch nicht auf das Motorrad-Ding, oder?«

»Hast mich also kommen sehen?«

»Das auch – aber der Helm in deiner Hand hätte dich ebenfalls verraten …«

»Für dich habe ich auch einen. Ich dachte, wenn wir irgendwo auftauchen, dann richtig.«

»Ich weiß nicht.«

Er legt den Kopf schief. »Hast du Angst um deine Frisur?«

»Nein. Ja. Auch. Und um meine Sachen. Am meisten aber um mein Leben …«

Er grinst. »Das ist bei mir in sicheren Händen. In jeder Hinsicht. Glaub mir.«

Ich atme tief durch. »Na gut.«

»Los, nicht so jammern. Wir wuppen das. Also, mitkommen.« Er nimmt meine Hand, und als er mich berührt, durchzuckt es mich wieder.

»Warte. Meine Tasche!« Ich löse mich kurz von ihm.

»Ja, die kannst du mitnehmen, aber jetzt los.«

Ich nicke. »Okay.« Doch ich rühre mich nicht.

Was ist nur los?

Ich sollte sofort etwas sagen.

»Bibi?«

»Corben, ich …«

»Mach dir keine Gedanken. Wir beide … das läuft doch gut. Ich weiß gar nicht, warum du dir Sorgen machst.«

Das weiß ich allerdings auch nicht. Ich muss damit aufhören. Jetzt sofort!

»Ich würde dir nie wehtun«, sagt er sanft. »Niemals. Nicht auf diese Art und Weise, wenn du verstehst … aber darum kümmern wir uns später. Erst mal geht's auf eine kleine Spritztour.« Er zwinkert mir aufmunternd zu.

»Spinner.«

Er lacht. »Ja, aber genau das magst du doch.«

Okay. Ich muss mir echt keine Gedanken machen. Er mag mich. Ich mag ihn.

Und mit einem Mal sind die Zweifel weg. Zunächst.

KAPITEL 37

NUR EIN SPIEL

Ich spüre den Wind, das Adrenalin, die Wärme von Corben vor mir, während ich mich an ihm festhalte. Wow! Was für ein berauschendes Gefühl auf so einem Motorrad.

Es fühlt sich an, als wäre ich in einem verflixten Film. In meinem Netflix-Account – und irgendwie mag ich genau das. Ich genieße es, mich festzuhalten, und dieses Gefühl von Freiheit belebt mich. Ja, alles wird schon werden, und ich bin nicht allein.

Corben biegt in eine Straße ein und hält vor einer kleinen Bar. Hier war ich schon mal mit Jörg. Ja, lange ist es her … wobei, drei Monate?

Egal. Jetzt bin ich wieder hier, und zwar mit Corben – was sich ehrlich gesagt bereits jetzt um einiges besser anfühlt.

Ich steige herunter, nehme den Helm ab und bemerke, dass wir beobachtet werden. Einige Leute stehen vor der Tür und rauchen, an den Fenstern sind Gesichter zu sehen.

Schließlich kommt Nicole heraus. Natürlich hat sie alles verfolgt. Ob auch Jörg und Sabine alles mitbekommen haben?

»Na, das ist ja mal ein Auftritt«, sagt Nicole.

Corben ist ebenfalls abgestiegen, nimmt den Helm ab und grinst. »Ja, uns war danach. Hat einfach was, oder, Schatz?«

Ich nicke. »Ja. Einfach herrlich.«

»Können wir die irgendwo sicher verstauen?«, fragt Corben und nimmt mir den Helm ab.

»Natürlich«, erwidert Nicole und bedeutet uns, ihr hinein zu folgen.

Drinnen ist einiges los, und ich frage mich, wie Nicole es immer schafft, all diese Leute zusammenzubekommen. Andererseits ist das vermutlich kein Kunststück, wenn der Ehemann eine Bar besitzt.

»Liebling, kannst du die hinter der Theke verstauen?«, fragt sie Ben, den Mann hinter der Bar, und reicht ihm die Helme. Dann wendet sie sich wieder an uns. »So, dann drehen wir mal eine kleine Runde. Nehmt euch, was ihr wollt. Nur Getränke müsst ihr zahlen. Die Häppchen sind von meiner Cousine Milla – ihr Catering kann man buchen. Die Werbekarten liegen auch aus.« Sie zeigt uns das kleine Büfett und begrüßt immer wieder neue Leute, die ich allesamt nicht kenne.

Schließlich bleibt sie stehen und schaut uns nacheinander an. »Nun, ihr beiden … wie lange seid ihr jetzt zusammen?«

»Wir kennen uns schon eine Weile, und es hat die ganze Zeit … gefunkt.« Corben legt einen Arm um mich. »Erzähl es niemandem, aber wenn Jörg nicht zuerst Schluss gemacht hätte, weil er mit Sabine zusammengekommen ist … Sagen wir mal, es hätte sich ohnehin erledigt gehabt.« Dann küsst er mich auf die Wange.

Wow! Das war gut.

Nicole zu bitten, dass sie nichts weiterverraten soll, ist genauso, wie die Bild-Zeitung anzurufen und ihnen exklusive News zu geben.

»Du wolltest doch nichts sagen.« Ich schaue ihn gespielt vorwurfsvoll an.

Corben lächelt. »Na ja, Nicole ist doch verschwiegen.«

»Ich bin sehr verschwiegen«, sagt sie, obwohl man ihr deutlich ansieht, wie es in ihr arbeitet. »Nun, dann genießt den Abend … wir sprechen später noch mal. Oh, da ist Birgit. Ich muss zu ihr. Bis dann!«

Und schwups – lässt sie uns stehen, um eine Frau mit Hund zu begrüßen, die gerade die Bar betritt.

»Das war clever«, sage ich und rücke näher an Corben heran.

»Ja, ich kann das perfekt«, flüstert er und sieht mir tief in die Augen.

Ist das jetzt echt – oder nicht?

Warum denke ich plötzlich darüber nach? Es war mir doch bisher auch egal.

Sein Blick lässt mich nicht los, dann beugt er sich noch weiter vor und stoppt kurz vor meinem Mund. »Sie sind hinten am Fenster«, flüstert er.

Dann küsst er mich – sanft und innig.

Als wir uns lösen, kribbelt mein Mund.

Und dann höre ich Sabines Stimme. »Na, das ist ja eine Überraschung.«

Corben und ich drehen uns zur Seite.

Sabine und Jörg – das glückliche Paar.

»Oh, hallo«, sage ich.

»Überraschung?«, fragt Corben lächelnd. »Wir sind eingeladen.«

Sabine runzelt die Stirn. »Ja, natürlich.« Sie streckt Corben die Hand entgegen. »Sabine.«

»Corben.« Er wendet sich Jörg zu und reicht auch ihm die Hand.

»Jörg, richtig? Ich bin Corben.«

Jörg sieht erst mich an, dann Corben. Ein kurzer, prüfender Blick.

»Genau, Jörg«, murmelt er schließlich und schüttelt widerwillig die Hand. »Ging ja schnell«, setzte er an mich gerichtet hinzu.

»Meinst du dich und Sabine?«, frage ich mit süffisantem Lächeln.

Sabine schnappt nach Luft. »Er meint euch.«

»Ach, wir kennen uns schon länger«, sagt Corben jetzt und schießt den ersten Pfeil ab – der mitten ins Ziel trifft.

»Ach, wirklich?«, fragt Jörg. »Ich habe deinen Namen nie vorher gehört.«

»Ist ja auch kein so häufiger Name«, entgegnet Corben gelassen. »Jörgs gibt es ja viele. Und Bibi hat mir einiges über dich erzählt.«

»Ach ja?«

»Ja. Und ich bin wirklich froh, wie sich alles ergeben hat. Bibi hatte echt ein schlechtes Gewissen, dich hängen zu lassen. Aber ich habe ihr gesagt, sie kann ja nicht aus Mitleid …« Er stockt und setzt ein entschuldigendes Lächeln auf. »Sorry, ich meine, ihr wusstet ja beide, dass es nicht passt.«

»So ist es«, sagt Jörg knapp, und Sabine nimmt demonstrativ seine Hand.

»Schatz, da hinten sind Ciara und Leon«, murmelt sie. »Wir sollten *Hallo* sagen.«

»Das sollten wir.«

Ich lächle. »Schönen Abend noch.«

»Ja, euch auch.«

Und schon sind sie weg. Ich muss mir ein Grinsen verkneifen.

»Du bist böse«, sage ich, und Corben lacht.

»Böse? Nein, das sind die beiden. Aber das hat gesessen.«

Er zieht mich an sich und küsst mich schon wieder.

»Danke«, sage ich, und er lächelt.

»Wofür? Dafür, dass die Dinge so sind, wie sie sind?«

Wie meint er das? Wie sind sie denn?

»Was meinst du?«, frage ich.

»Ich mag das … gerade, weil es so ist. Weil es so gekommen ist …«

Worauf will er hinaus? Weil es unkompliziert ist?

Bevor ich fragen kann, küsst er mich auf die Wange.

»Lass uns die Häppchen plündern.« Er schnappt sich einen Teller und legt sich ordentlich was drauf.

Ich halte mich etwas zurück. Irgendwie hab ich keinen richtigen Hunger. Wir mischen uns unter die Leute, reden über oberflächliche Sachen und küssen uns hin und wieder publikumswirksam.

»Ich geh mal wohin«, sagt er irgendwann. »Leitungswasser trinken. Hältst du es hier ohne mich aus?«

»Wir werden sehen.«

Als er weg ist, schaue ich mich um. Nicole steht am anderen Ende des Raums, und ich gehe hinüber.

Ich habe sie fast erreicht, als ich höre, was sie sagt.

»Ja, ja. Die beiden kennen sich angeblich schon länger. Glaubst du, das stimmt?«

Es war so klar, dass sie es sofort weitererzählt – wie geplant.

Ich halte mich hinter zwei großen Männern, damit ich alles hören kann, ohne dass sie mich bemerkt.

»Mhm, sie wirken sehr vertraut miteinander«, sagt die Frau, mit der Nicole spricht. Marina heißt sie. Jörg hat sie mir irgendwann mal vorgestellt. Was weiß sie schon über mich? »Die beiden sind echt süß zusammen. Ich finde, das passt.«

Okay, ich nehme alles zurück.

Sabine steht in der Nähe und scheint ebenfalls jedes Wort zu hören.

Hoffentlich fragt sie sich gerade, ob Jörg nur der Trostpreis ist.

»Na, ich weiß nicht«, mischt sie sich jetzt auch noch in das Gespräch ein. »Dieser Corben scheint ja ganz charmant zu sein. Und sehr gutaussehend …«

»Gutaussehend?« Nicole lacht auf. »Was für eine Untertreibung! Der ist richtig sexy.«

Ich lächle, während ich versuche, nicht so zu wirken, als verstünde ich jedes Wort. Doch dann höre ich Sabines nächsten Satz.

»Nicht so wie Jörg.«

Jetzt würde ich gern auflachen.

»Also, Liebes«, erwidert Nicole. »Ich will Jörg nicht zu nahe treten, aber das sexieste an ihm ist sein Geldbeutel.«

»So ein Unsinn«, protestiert Sabine.

»Ich kenne dich doch.« Nicole lacht zwar, aber der Ton verrät, dass sie es nicht nur zum Spaß sagt.

Ja, Jörg hat eine eigene Firma und ist sehr erfolgreich. Doch das wäre für mich kein Grund gewesen, mit ihm zusammenzubleiben. Auch ohne Sabine wäre das mit uns nichts geworden.

Aber zu Sabine passt es durchaus, ihre Kerle danach auszusuchen.

»Wie auch immer«, sagt Sabine. »Jedenfalls taugt dieser Corben doch nur für eine Affäre. Fürs Bett. Aber für eine Beziehung?« Sie schnaubt. »Also bitte! Der mag es unkompliziert. Und solange sie mitmacht, ist alles gut. Doch ich kenne solche Kerle. Sobald es um mehr geht, sind sie ganz schnell weg.«

Ich schlucke. Die Euphorie des Abends löst sich in Luft auf.

Was weiß ich eigentlich über Corben?

Ja, er ist seit zwei Jahren Single.

Ja, er sagt, er genießt das Leben.

Ja, er mag es, dass wir »unkompliziert« sind. Da ist es wieder. Dieses Wort.

Und ja … vermutlich bin ich nur Teil dieses Spiels.

Meine anfängliche Zurückhaltung hat seinen Jagdinstinkt geweckt. Er liebt eben Spiele. Und jetzt genießt er es. Weil es mit mir so leicht ist. Weil ich nichts will.

Die Frage ist: Schade ich mir am Ende selbst?

Weil ich mich selbst anlüge?

Weil ich es genieße?

Mist.

Ich muss die Sache wohl schnell beenden, bevor ich wirklich mit einem gebrochenen Herzen dasitze.

KAPITEL 38

ABSCHIEDSRUNDE

»Hey, hier bist du.« Corben steht neben mir. »Ich hab dich eine Weile gesucht. Nicht dass du denkst, ich hätte etwas Unanständiges getan.« Er grinst, und ich schlucke.

O Mann, warum sieht er so gut aus? Warum ist er so lustig? Warum fühlt sich das alles so verflixt vertraut an?

»Was ist los? Geht es dir nicht gut?« Er schaut mich besorgt an.

Ich lächle. »Doch, alles gut. Mach dir keinen Kopf.«

»Okay, also gehen wir?« Er grinst und wackelt mit den Augenbrauen.

Ich schaue ihn unschlüssig an. Gehen will ich auf jeden Fall. Nur weg von hier. Aber will ich, was Corben andeutet?

Alles in mir schreit *Ja*. Und dann nicke ich.

»Super, also dann drehen wir noch eine Abschiedsrunde«, sagt er.

Abschiedsrunde.

Das Wort des Abends. Ich werde es noch genießen – und dann muss ich einen Cut machen. So schwer es mir auch fällt.

»Das war super, oder?«, fragt Corben, als wir draußen sind. Er löst seine Hand aus meiner, und plötzlich ist mir kalt.

»Ja, war es. Danke dafür. Das war echt lieb von dir.«

»Ich wollte das machen. Wenn ich etwas nicht will, dann tue ich es nicht, okay? Kannst du dir für die Zukunft merken. Und ich hoffe, bei dir ist es auch so. Nichts ist wichtiger als Ehrlichkeit.« Er schaut mich intensiv an.

Ehrlichkeit? Ist das zwischen uns denn ehrlich?

»Klar, Ehrlichkeit«, murmle ich und setze den Helm auf.

»Also, los. Ich kann es kaum erwarten.«

Als wir losfahren, versuche ich, meine Gedanken im Zaum zu halten. Aber Sabines Worte drehen sich unaufhörlich in meinem Kopf. Toll, wieder hat sie es geschafft, mich zu verunsichern.

Wir halten vor meiner Wohnung. Corben nimmt mir den Helm ab, und wir gehen nach oben.

Ich sitze auf dem Sofa und warte, bis Corben uns Wein eingeschenkt hat.

»Du wirkst so ernst«, stellt er fest. »Was ist denn los? Hat es weh getan, Jörg wiederzusehen?«

»Nein, es ist …« Ich hole tief Luft. »Ich hab einfach nur nachgedacht. Über … uns.«

Er hebt eine Braue. »Okay? Und was gibt es da so nachzudenken?«

Ich will es locker rüberbringen, aber meine Stimme verrät mich wahrscheinlich. »Na ja, darüber, was das hier eigentlich ist. Du und ich. Das Ganze.«

Er lehnt sich zurück und mustert mich. »Ich dachte, wir haben eine gute Zeit miteinander. Oder nicht?«

Mein Herz rutscht eine Etage tiefer.

Gute Zeit.

Klingt nicht nach etwas Ernstem.

Klingt nach Spaß.

Unverbindlich.

Nichts Exklusives.

»Doch, haben wir« sage ich langsam und schiele kurz zu Omas Bild, bevor ich wieder ihn ansehe. »Aber ich meine …«

Er seufzt und fährt sich mit einer Hand durch die Haare. »Bibi, du machst dir zu viele Gedanken. Muss es denn immer eine Definition geben?«

Mein Magen zieht sich zusammen.

Muss es immer eine Definition geben?

Nein. Muss es nicht. Wenn man sich nicht festlegen will. Wenn man sich alle Optionen offenhalten will.

Er merkt nicht, wie sich meine Haltung verändert. Wie ich mich ein bisschen zurückziehe. Wie ich schlucke.

»Ich finde es gerade einfach perfekt, so wie es ist«, sagt er.

»Kein Stress, kein Druck. Einfach genießen, oder?« Ich lache leise.

Ein unsicheres, bitteres Lachen. Das Lachen von jemandem, der gerade merkt, dass er sich getäuscht hat.

»Ja, klar. Einfach genießen.« Corben merkt zwar, dass etwas nicht stimmt, aber er interpretiert es falsch, rutscht näher zu mir, hebt mein Kinn an, sieht mir tief in die Augen. »Du denkst zu viel, Bibi.«

Ich denke wirklich zu viel.

Viel zu viel.

Aber dann tut er das, was ich mir am meisten wünsche – und am meisten fürchte.

Er küsst mich.

Langsam, intensiv, mit genau der richtigen Mischung aus Verlangen und Zärtlichkeit.

Und ich gebe nach.

Denn wenn es nur das ist, was wir haben können, dann nehme ich es.

Auch wenn es wehtun wird.

***

Ich spüre eine Bewegung neben mir und öffne langsam die Augen.

Es dauert ein paar Sekunden, bis ich realisiere, was passiert.

Corben steht auf … zieht sich an.

Er schleicht sich davon.

Für einige Momente beobachte ich ihn im Halbdunkel meines Schlafzimmers. Wie er sich das Shirt überstreift, wie er nach seinem Handy greift.

Irgendwie fühlt sich das falsch an. Und das, obwohl wir ehrlich waren.

»Hey!« Meine Stimme ist rau vom Schlaf. Aber so leicht will ich es ihm jetzt auch nicht machen.

Er dreht sich zu mir um, lächelt leicht. »Hey.«

Ich richte mich auf, streiche mir eine Strähne aus dem Gesicht, die sofort wieder nach vorne fällt.

»Was machst du?«

»Ich muss leider los«, sagt er, während er nach seiner Jacke greift. »Hab morgen früh einen Termin.«

Ich nicke langsam. »Ja, okay. Klar, kein Ding.«

Klinge ich locker?

Vermutlich nicht, denn etwas in meiner Brust zieht sich zusammen.

Er kommt zurück ans Bett, setzt sich auf die Matratze und streicht mir die Strähne hinters Ohr. »Tut mir leid. Ich wollte dich nicht wecken. Hätte dir noch geschrieben.«

»Nicht schlimm, schon gut.«

»War sehr schön. Schlaf jetzt weiter, okay? Wir sehen uns.«

Es klingt ... beiläufig. Unverbindlich.

Wir sehen uns ... Oder bilde ich mir das nur ein?

Keine Ahnung. Aber es fühlt sich anders an.

Ich zwinge mich zu einem Lächeln. »Ja, klar. Bis dann.«

Er beugt sich vor, drückt mir einen Kuss auf die Stirn, dann steht er auf und geht.

Die Tür fällt ins Schloss.

Und mit ihr auch irgendwas in mir.

Ich bleibe regungslos liegen.

Warum hat es sich angefühlt, als hätte er sich gerade verabschiedet – nicht nur für diese Nacht?

Das war's dann also?

Ja. Ich weiß es.

Ich bin mir ganz sicher.

Scheiße.

Ich meine … das ist doch genau das, was ich wollte, oder?

Aber eigentlich ja auch nicht.

Ich drehe mich auf die Seite, vergrabe mein Gesicht im Kissen.

Vielleicht war es ihm jetzt unangenehm.

Vielleicht hat er realisiert, dass das mit uns gerade zu regelmäßig wird.

Vielleicht war das sein Versuch, langsam auf Abstand zu gehen.

Ich schließe die Augen.

Besser, ich mache mir nicht so viele Gedanken.

Es war doch von Anfang an klar, dass das hier keine Zukunft hat.

KAPITEL 39

VON WEGEN SPAß

Ich kaue auf einem Kaugummi herum, während ich auf den Bildschirm starre.

Kaugummi.

Wieder von Corben. Er hat ihn »vergessen«. In meiner Laptoptasche. Natürlich erwartet er, dass ich ihm schreibe. Aber nein, das mache ich nicht mehr.

Andererseits ist es ein Zeichen. Er will mich wiedersehen. Trotz allem.

Zeichen. Pfff!

Nein, mir haben diese vermeintlichen Zeichen bisher nichts gebracht.

Bei der Arbeit an der Website habe ich ja seinen Instagram-Account gesehen. *Cole134*. Da sind einige Fotos – mit wechselnden Frauen. Man kann nicht erkennen, wie sie zu ihm stehen, aber ich kann es mir denken. Ein Wunder, dass da keins von mir ist. Vielleicht kommt das noch.

Ich sollte mir keine Gedanken darüber machen. Es spielt keine Rolle.

Nicht mehr.

Ich muss das jetzt durchziehen.

Wir haben geredet, er hat mir gesagt, wie er die Dinge sieht. Und ich muss damit klarkommen.

Pling!

Warum fürchte ich mich davor, auf mein Handy zu sehen?

Ich schiele von der Seite.

Helen.

Gott sei Dank!

Bist du jetzt immer noch so verbissen?

Natürlich habe ich ihr heute Morgen beim Kaffee meinen Frust anvertraut. Wobei ich eher so getan habe, als wäre mir das alles schnuppe. Genauso habe ich es auch in unsere Mädelsgruppe geschrieben. Auch wenn ich wusste, dass die beiden mir das nicht abnehmen.

Caro meinte, dass ich nicht so bockig sein solle, und Helen hat gesagt, dass ich mich »doch wegen dieser bescheuerten Kuh Sabine nicht so reinsteigern« muss.

Aber sie vergessen einen Fakt.

Verbissen?, schreibe ich an Helen. *Ich habe mit ihm geredet, er hat eindeutig gesagt, dass es was Lockeres ist. Also bin ich nicht verbissen, sondern nur realistisch und im Selbstschutzmodus.*

Ich schicke die Nachricht weg – und fast sofort klingelt mein Handy.

»So ein Quatsch!«, schießt Helen gleich los.

»Er hat gesagt, dass er es perfekt findet, wie es ist.«

»Was heißt: *Nerv nicht. Warum was ändern?* Und er hat *perfekt* gesagt. Das ist doch gut.«

»Gut ist nicht gut genug. Perfekt unverbindlich ohne Aussicht auf mehr.«

»Du machst es echt kompliziert.«

»Ach ja? Und wie interpretierst du dann: *Kein Stress, kein Druck, einfach genießen*? Oder was hältst du von: *Denk nicht so viel*?«

»Er hat recht. Du zerdenkst es, obwohl ihr euch gerade mal vor einer Woche kennengelernt habt.«

»Eben. Der perfekte Zeitpunkt, es im Keim zu ersticken. Ich mag jetzt nicht mehr darüber nachdenken. Okay? Mich macht das schon traurig genug. Ich beende das. Den ganzen Tag sitze ich schon an diesem Website-Ding. Jetzt schreibe ich die Abschlussnachricht.«

»Na gut, tu, was du nicht lassen kannst.« Helen seufzt.

Sie versteht mich nicht. Warum nicht?

Egal.

Wir legen auf, und ich starre auf den Laptop, auf Corbens neue Website.

Alles steht so weit. Ich habe alles in die Wege geleitet. Nachdem er mir geholfen hat, war ich ihm das schuldig.

Ich atme tief durch und schreibe ihm.

Hey Corben, ich hoffe, dein Termin war erfolgreich. Hier ist deine Website – alles ist online. Wenn du Änderungen willst, sag es mir einfach.

Ich schreibe alles sachlich und präzise.

Dann drücke ich auf *senden*.

So. Erledigt. Ich lehne mich zurück.

Das war's dann wohl.

Wenn er sich meldet, okay.

Wenn nicht … dann auch okay.

Oder?

Pling!

Er hat geschrieben. Das ging aber schnell.

Hey, das war aber sachlich … Dachte eigentlich, wir reden heute Abend darüber. Ich vermisse außerdem wieder einen meiner Kaugummis. Hast du ihn zufällig gefunden?

Mist.

Sofort vermisse ich ihn.

Aber nein, ich darf nicht schwach werden. Ich muss das jetzt wirklich durchziehen. Das würde sonst immer so weitergehen.

Ich schließe kurz die Augen, bevor ich tippe.

Kaugummi? Nein, hab keinen gefunden. Den musst du woanders verlegt haben. Sorry.

Ha! Das war gut. Eindeutig zweideutig.

Ich bin sicher, dass ich ihn bei dir gelassen habe. Bei wem denn sonst …?

Tja, gute Frage. Da muss er wohl mal selber drüber nachdenken. Vielleicht bei einem Notfall?

Mann. Was ist nur los? Ich sollte nicht so biestig sein.

Irgendwie ist es ja süß, dass er das schreibt.

Bei wem denn sonst …?

Oder macht er mir was vor?

Er ist hier wirklich nicht, schreibe ich zurück. *Tut mir leid. Also, schau dir doch die Website an, ja? Wenn was ist, schreib mir.*

Bibi, ist irgendwas?

Okay. Jetzt oder nie. Raus damit. Oder? Ja, besser ist es.

Corben, es war wirklich nett, und wir hatten Spaß, aber ich habe nachgedacht, und für mich ist das so nichts. Deswegen – kein Küsschen mehr unter dieser Nummer, okay?

Ich starre die Nachricht an, schicke sie weg und …

Warum tut das gerade so weh?

Pling!

Versteh gerade nicht, was los ist. Können wir reden?

Reden?

Das haben wir doch.

Ich lege das Handy weg und stehe auf. Es fällt schwer, stillzusitzen. Mein Kopf dreht sich im Kreis, und ich hasse es.

War das doch ein Fehler?

Nein. Ich brauche bloß Ablenkung. Ich muss hier raus. Frische Luft, ein bisschen Bewegung. Vielleicht hilft das.

Und vielleicht hört dieses beklemmende Gefühl dann endlich auf.

Ich ziehe mich an, gehe hinunter und laufe einfach los, ohne Ziel. Kopf aus. Genauso wie das Handy – denn auch die Nachrichten von Caro und Helen, die inzwischen gekommen sind, nerven mich. Ich erreiche die Innenstadt und setze mich auf eine Bank. Der Blick über den Fluss ist schön und angenehm. Und es riecht nach Kaffee.

Ob ich mir einen holen soll?

Warum nicht?

Ich will aufstehen und erstarre. Jörg steht vor mir.

Auch das noch!

»Hey, was sitzt du hier so rum?« Er lächelt.

Warum lächelt er?

»Bin nur ein bisschen die Beine vertreten. Und du?«

»Auch, hab Mittagspause.«

Okay. Und jetzt? Warum geht er nicht einfach weiter?

»Kann ich mich kurz setzen?«

Fragt er das wirklich?

»Ähm …«

Doch er hat sich bereits neben mir niedergelassen.

»Du siehst …« Er mustert mich. »… nachdenklich aus.«

Ich atme kurz durch. »Echt? Nein. Bin nur müde.«

Er lehnt sich lässig zurück und lächelt immer noch. »Ich hab an dich gedacht, letzte Nacht.«

Bitte?

»Okay, ich denke, das sollte Sabine besser nicht hören.«

Er nickt. »Ja, tut mir leid, wenn ich das so direkt sage – aber als ich dich da gesehen habe mit diesem Corben … da hat es mir leidgetan.«

Leidgetan?

»Ach ja? Was genau?«

»Dass es nicht geklappt hat mit uns. Wir hatten ja echt Spaß, findest du nicht?«

Ich denke nach. Also wenn ich die Sache zwischen ihm und mir mit der zwischen Corben und mir vergleichen müsste …

Spaß?

Na ja … da hatte ich in den wenigen Tagen mit Corben mehr Spaß.

Mist. Er fehlt mir.

»Wir passen nicht zusammen«, sage ich und wundere mich selbst, dass ich so direkt bin.

»Ach komm. Das mit diesem Kerl wird doch eh nichts für die Ewigkeit. Ja, er sieht gut aus, aber … darauf kommt es ja nicht allein an. Und solche Typen sind gefährlich.«

»Nicht so gefährlich wie Typen, die im Bett mit ihrer Freundin an ihre Ex denken und das auch noch laut sagen. Mich tröstet nur, dass du und Sabine einander verdient. Oder was meinst du, worauf sie aus ist?« Ich stehe auf. »Mach's gut, Jörg.« Dann wende ich mich ab und bin wirklich stolz auf mich.

»Danke für deine Analyse, aber ich komme gut klar«, sagt er noch – aber es interessiert mich nicht.

Jörg ist ein Haken. Er war immer ein Problem.

Und dann ist da dieser Gedanke: Vielleicht tue ich Corben Unrecht.

KAPITEL 40

SCHNELLE ABLENKUNG

Klare Worte tun gut. Das habe ich gerade mit Jörg gemerkt. Es hat gutgetan, ihm zu sagen, was ich denke. Das sollte ich mit Corben auch tun. Klare Worte darüber, was ich will – und was nicht. Der Rest liegt dann bei ihm.

Ich laufe zu Fuß zu seinem Atelier und überlege, was ich sagen will, wie ich ausdrücken kann, was in mir vorgeht. Wir kennen uns erst wenige Tage, aber nie war mir so klar, was ich will.

Vielleicht war wirklich alles Fügung.

Vielleicht hat Oma mir wirklich etwas mitteilen wollen.

Die Nummer, unsere Begegnungen, das Eichhörnchen … Man könnte wirklich denken, dass sich da jemand enorme Mühe gegeben hat.

Ich muss mit Corben reden.

Mit klopfendem Herzen erreiche ich das Atelier. Ich will die Klingel drücken, da höre ich Stimmen von drinnen. Corben ist nicht allein. Da ist eine Frau. Sie lacht. Laut. Und er auch.

Mein ganzer Mut ist weg.

Meine Zweifel sind wieder da.

Notfall?

Was nützt es, jemandem die Wahrheit zu sagen, wenn man bereits weiß, dass die Antwort nicht so ausfällt, wie man es sich wünscht?

Und schließlich tue ich das einzig Richtige. Ich klebe den Kaugummi an die Tür. Nicht sehr erwachsen, aber der Situation angemessen.

Dann gehe ich.

***

Pling!

Es dauert einige Minuten, bis ich es schaffe, die Nachricht zu lesen.

Echt jetzt? Du hättest mir auch einfach sagen können, dass du wieder mit Jörg zusammen sein willst, statt so eine Nachricht zu schreiben und dann auch noch den Kaugummi an meine Tür zu kleben.

Ich starre auf den Bildschirm.

Mein erster Gedanke: Woher weiß er, dass der Kaugummi von mir ist? Okay, der Gedanke ist dämlich, natürlich weiß er es.

Mein zweiter Gedanke, der weniger dämliche: Wie kommt er auf Jörg? Und darauf, dass ich wieder mit ihm zusammen sein will?

Ich tippe zurück.

Was?! Wie kommst du auf so einen Blödsinn? Da ist nichts mit Jörg.

Ach komm. Ich habe euch gesehen, als ich vorbeigefahren bin. Man trifft seinen Ex nicht zufällig in der Stadt. Und dann die kalte Abfuhr von dir, einfach den Kaugummi an die Tür kleben … ehrlich, Bibi. Du hättest einfach sagen können, wo ich stehe.

Du stehst genau da, wo du gesagt hast, dass du stehen willst. Keine Gedanken machen, alles easy – und das nimmst du ja wohl auch beim Wort. Oder warum war heute diese Frau in deinem Atelier?

Ah, deswegen der Kaugummi an der Tür. Bist du eifersüchtig?

Pff!

Du *bist eifersüchtig.*

Was ist los, Bibi? Was willst du? Ich dachte, alles wäre klar.

Anscheinend nicht.

Kannst du nicht einfach sagen, dass du mich magst?

Wer sagt denn, dass ich dich mag? Ich mochte das, was wir hatten, mehr nicht. Und Oma … sie hätte dich …

Nein.

Das lösche ich wieder.

Doch dann drücke ich aus Versehen auf Senden.

Oma hätte was?, kommt es zurück.

Okay. Dann schreibe ich es doch.

Sie hätte gewusst, dass du genauso tickst. Von wegen Ehrlichkeit … wer ist hier nicht ehrlich? Ich meine, umsonst hat dich das Eichhörnchen nicht gebissen.

Okay, das war fies. Was tue ich hier bitte?

Wow! Ausgerechnet du kommst mir mit Ehrlichkeit? Aber gut, ich habe verstanden. Deine Oma hätte mich nicht gemocht, okay. Wenn du meinst. Mach's gut. Kein Küsschen unter dieser Nummer!

Wow.

Das war's also?

Kein *Da war nichts mit dieser Frau.*

Kein *Komm schon, lass uns reden.*

Kein *Lass uns das klären.*

Gut.

Dann eben nicht. War nicht anders zu erwarten.

Trotzdem … Es tut weh.

O mein Gott, warum tut es so weh?!

***

Das war es wirklich.

Auch am nächsten Morgen ist keine weitere Nachricht von ihm gekommen.

Nichts.

Den ganzen Tag nicht und auch nicht am nächsten. Kein Küsschen ... Mist.

Aber das ist okay. Für ihn bin ich jetzt die Böse. Irgendwie hat er das so gedreht. Als ob ich nicht ehrlich gewesen wäre. Frechheit. Immerhin wollte ich mit ihm reden. Er hat das abgeblockt mit seinen Sprüchen darüber, ich solle mir keine Gedanken machen und alles locker sehen – locker genug, dass es mir nichts ausmacht, wenn er eine andere Frau in seinem Atelier vernascht?! Ist vielleicht seine Masche. Erst die Skulpturen zeigen, damit man ihn bewundert, dann ab auf den Tisch.

Du bist ja so toll, Corben. Nimm mich gleich hier!

Okay, vielleicht übertreibe ich etwas. Wer weiß, warum sie dort war?

Mist.

Er fehlt mir.

Einsam und allein sitze ich auf meinem Sofa und zappe mich durch das Fernsehprogramm.

Mein Handy klingelt. Es ist Helen.

»Und? Hast du ihm jetzt noch mal geschrieben?«

»Sicher nicht! Warum sollte ich ihm irgendwas schreiben?«

»Weil es auf der Hand liegt – er will doch nur von dir hören, dass du mehr willst.«

»Warum sagt er es dann nicht?«

»Himmel, Bibi«, ruft Caro, die anscheinend mit Helen unterwegs ist. »Hat er doch.«

»Nein, er hat nur gesagt, dass *ich* es sagen soll. Er selber hat nichts dergleichen über mich gesagt.«

»Vielleicht hat er genauso viel Angst, zurückgewiesen zu werden, wie du. Klare Worte, Bibi! Nur dann bekommst du Gewissheit.«

Ich lege auf.

Thema beendet, okay?, schreibe ich in die Gruppe.

Was ich den beiden nicht erzählt habe: Ich bin heute an seiner Wohnung vorbeigegangen. Keine Ahnung, was ich vorhatte. Corben kam gerade aus dem Haus – mit einer Frau. Zum Glück sind sie in die andere Richtung gegangen. Das wäre sonst vermutlich peinlich geworden.

Jetzt starre ich aufs Handy und rede mir ein, dass alles gut ist, obwohl mir das dumpfe Gefühl im Bauch etwas anderes sagt.

Ich wünschte, ich hätte es einfach laufen lassen. Es war zu früh für so ein Gespräch. Aber bisher habe ich immer alles laufen lassen – bis es plötzlich vorbei war. Das wollte ich mit Corben nicht erleben, weil … weil ich ihn wirklich gern hatte. Doch das konnte ich ihm nicht sagen. Hab ja heute wieder gesehen, dass meine Gefühle bei ihm verschwendet sind.

Noch bevor ich darüber nachdenken kann, habe ich eine Nachricht an ihn getippt.

Hab dich gesehen. Hast dich ja schnell abgelenkt.

Drei Punkte tauchen auf.

Dann verschwinden sie.

Dann wieder drei Punkte.

Mein Herz hämmert.

Dann kommt seine Antwort.

Hättest auch einfach Hallo *sagen können.*

Ich starre auf die Nachricht.

Was soll ich darauf antworten?

Gar nichts.

KAPITEL 41

HAPPY BIRTHDAY

»Happy Birthday, Oma«, flüstere ich und halte das Bild in der Hand.

Heute wäre sie dreiundachtzig Jahre alt geworden.

»Ach, Oma … was ist da nur passiert?«

Ich sitze auf dem Sofa und drücke das Foto von uns an meine Brust. Dann nehme ich mein Handy und scrolle durch die Nachrichten, die wir geschrieben haben. Oma und ich. Dann Corben und ich. Das alles ist so … Mir geht es schlecht. Ich habe Herzschmerz. Und zwar sehr.

Immer wieder schaue ich mir die Nachrichten noch einmal an, scrolle bis ganz oben, scrolle wieder nach unten. Wow, tolle Beschäftigung!

O Mann, Oma, was ist das hier nur für ein Chaos?

Aber natürlich bekomme ich keine Antwort.

Ich scrolle und …

Was ist das?

Eine Sprachnachricht.

Eine, die ich noch nicht abgehört habe …

Sie ist von Oma. Unglaublich.

»Bibi, mein Schatz, weißt du, kluge Mädchen können sich ihren Prinzen aussuchen. Doch wenn der Richtige kommt, weißt du es sofort. Das weiß man immer. Und er wird kommen. Auch wenn es gerade nicht danach aussieht. Aber du weißt ja: Wenn man denkt, es geht nicht mehr, kommt irgendwo ein Lichtlein her.«

Nicht wirklich, oder? Die Nachricht hat sie mir einige Wochen vor ihrem Tod geschickt. Als Antwort auf eine Nachricht von mir über irgendeinen Kerl, an den ich mich gar nicht erinnern will. Wir haben dann telefoniert – und irgendwie ist mir die Nachricht durchgerutscht. Jetzt kommt sie wie gerufen. Vielleicht sollte ich sie jetzt erst bekommen.

Man weiß immer, wenn der Richtige kommt.

Ich muss lächeln. Oma war so weise.

Ein Lichtlein. Ja, das kann ich jetzt gebrauchen. Und Oma auch. Deshalb bringe ich ihr jetzt eins.

***

Ich stehe am Grab und starre auf den Grabstein. Mein Herz klopft, meine Hände sind kalt, und irgendwie fühle ich mich verloren. Nur das kleine Grablicht leuchtet. Hell und schön und irgendwie hoffnungsvoll.

»Hey, Oma«, flüstere ich. »Happy Birthday! Ich hoffe, du hast gerade eine verdammt gute Zeit da oben. Ihr feiert bestimmt und trinkt ein paar Aperol oder so, mhm?« Ich lächle bei der Vorstellung. Dann seufze ich. »Vermutlich hast du gar keine Zeit, ständig nach mir zu sehen. Aber es ist echt chaotisch gerade. Oder hast du das doch alles geplant?«

Der Wind rauscht durch die Blätter, irgendwo zwitschert ein Vogel, und ich schiebe die Hände in die Jackentaschen. Ich sollte nach Hause gehen. Eigentlich. Aber irgendetwas hält mich hier.

»Falls es geplant war. Das war eine ziemliche Pleite mit Corben. Er taucht einfach auf, klaut deine Nummer, schleicht sich in mein Leben … und dann? Dann dreht er mir den Rücken zu und verschwindet. Wenigstens habe ich es früh genug gemerkt.«

Irgendwas raschelt im Gebüsch. Ich sehe hin – o nein, wieder ein verrücktes Friedhofs-Eichhörnchen. Es läuft auf den Kiesweg und bleibt dann sitzen. Ein kleines, braunes Eichhörnchen, das mich mit großen, dunklen Augen ansieht.

»Du bist wieder da«, flüstere ich.

Dabei bin ich gar nicht sicher, dass es dasselbe ist, das Corben gebissen hat.

Es zuckt mit dem buschigen Schwanz, springt näher zu mir …

»Wusste ich es doch«, sagt eine vertraute Stimme hinter mir.

Ich wirble herum – und da steht Corben. Mit einer Rose in der Hand.

»Du hast einen Pakt mit den Eichhörnchen.«

»Du bist hier?«, frage ich überflüssigerweise.

»Natürlich bin ich hier. Ich musste ja nachsehen, ob du immer noch von Eichhörnchen umgeben bist. Und deine Oma hat doch Geburtstag.« Er lächelt, sein Blick ist weich.

»Das hast du dir gemerkt?«

»Wichtige Dinge merke ich mir immer. Außerdem will ich dir was sagen. Etwas, das ich von Anfang an hätte tun sollen.«

»Ach ja? Was denn?«

Er reicht mir die Rose. »Ich mag dich wirklich sehr. Vom ersten Augenblick an, als ich dich da auf der Tanzfläche gesehen habe. Dein Profilfoto war schon wow. Und unser Chat – wuh, echt heiß.

Aber dich in Real Life zu sehen, war überwältigend. Und dann bittest du mich auch noch sofort, dich zu küssen. Zwar nur, weil du deinen Ex eifersüchtig machen wolltest. Aber ich wusste sofort, dass ich mehr davon will. Ich bin kein Aufreißer. Wirklich nicht. Ich sagte dir, dass meine letzte Beziehung zwei Jahre her ist. Die Trennung war sehr unschön. Seitdem hatte ich ein paar Affären, ja, aber ich bin sehr vorsichtig, auf wen ich mich da einlasse. Eigentlich.«

»Was ist mit der Frau, die bei dir im Atelier war?«

»Hanna, eine Stammkundin. Meine Skulpturen sind besonders bei Frauen beliebt. Sie hat eine meiner Skulpturen aus der Wohnung gekauft. Du hast uns gesehen.«

»Und der Notfall neulich?«

»Meine Nachbarin, Frau Kramer. Du kennst sie.« Er grinst. »Ihr Kater hat sich auf die Feuerleiter verirrt und wollte nicht mehr da weg. Sie ruft dann immer mich an. Er mag mich irgendwie.«

»Komischer Kater.« Ich seufze. »Ich weiß eigentlich gar nichts über dich.«

»Wie auch? Wir kennen uns nicht mal zwei Wochen.« Er kommt näher. »Doch ich gehe davon aus, dass deine heftige Reaktion ein Zeichen dafür ist, dass es dir umgekehrt genauso geht.«

»Was meinst du?«, frage ich mit unschuldigem Augenaufschlag.

Er kommt noch näher. »Bibi!«, haucht er. Es ist eine Bitte.

»Oma hätte dich gemocht«, sage ich.

»Und was ist mit ihrer Enkelin?«

»Ich mag dich auch«, flüstere ich. »Sehr sogar.«

Corben nickt und lächelt. »Wie schön. Das mit Oma, meine ich.«

Ich buffe ihn leicht gegen den Oberarm. »Oma hätte mir außerdem geraten, nicht alles zu zerdenken.«

»Dann hör auf damit.«

Er legt die Arme um meine Taille, sein Duft umfängt mich, und mein Herz schlägt so laut, dass ich mir sicher bin, Oma hört es da oben.

Und das Eichhörnchen?

Es dreht sich um, springt auf einen Ast – und verschwindet in den Baumkronen.

»Ich glaube, das war ihr Zeichen«, murmelt Corben.

»Dass es dich diesmal nicht gebissen hat?«

»Genau. Diesmal nicht.«

Er küsst mich. Langsam, warm, genau richtig.

EIN JAHR SPÄTER

HAPPY END MIT EICHHÖRNCHEN

Ich hätte nie gedacht, dass ich das mal sagen würde, aber … Ich wohne jetzt offiziell mit einem Eichhörnchen zusammen.

Also, nicht wirklich. Natürlich nicht.

Eigentlich wohne ich mit Corben zusammen. Ich bin zu ihm gezogen. Omas Bild hat einen neuen Platz. Heute wäre ihr Geburtstag. Wir werden sie später gemeinsam besuchen gehen.

Jetzt sitzen wir auf dem Balkon und trinken Kaffee.

»Da ist es wieder«, murmelt Corben neben mir und nimmt einen Schluck aus seiner Tasse, ohne das Eichhörnchen aus den Augen zu lassen, das auf dem Geländer sitzt. »Schon merkwürdig, dass es erst aufgetaucht ist, seit du hier wohnst.«

»Ich finde es süß. Wie es uns beobachtet. Schau mal, die Augen!«

»Langsam macht es mir Angst«, flüstert Corben, aber ich höre an seiner Stimme, dass er es nicht ernst meint.

»Ach, Quatsch. Es passt nur auf uns auf.«

»Oder es plant, dich irgendwann zu entführen – nachdem es mich totgebissen hat.«

Ich lehne mich zurück und mustere Corben. »Klingt, als wärst du eifersüchtig.«

»Auf ein Eichhörnchen? Niemals.«

Ich lache und rutsche näher an ihn ran. Dann küsse ich ihn.

Das Eichhörnchen läuft aufgeregt auf dem Geländer hin und her – als würde es sich freuen.

»Will es uns etwas sagen?«, fragt Corben.

»Ja, eine Nachricht von Oma.«

»Und wie lautet sie?«

»Gut gemacht, Herzilein!«

Corben lacht. »Und es wird noch besser.«

Ich sehe ihn fragend an.

Er beugt sich vor und senkt die Stimme. »Ich hab das Lasso bereitgelegt …«

Ende – und doch erst der Anfang

MARIT BERNSON

Marit Bernson wurde in Mecklenburg geboren. Nach dem Abitur studierte sie in Kassel und Berlin. Danach zog sie nach Oberfranken, wo sie immer noch mit ihrem Mann und zwei Kindern lebt. Sie schreibt Kinderbücher, Liebesromane und humorvolle Geschichten.

Mehr über Marit Bernson auf
www.marit-bernson.de

Willst du auf dem Laufenden bleiben und exklusive Bonuskapitel sowie jeden Monat eine neue romantische Kurzgeschichte von Marit lesen? Dann abonniere ihren Newsletter.

www.marit-bernson.de/newsletter

MICHELLE SCHRENK

Hinter der Autorin Michelle Schrenk steckt eine 1983 geborene Wassermannfrau, die es liebt zu träumen, und es hasst, Zwiebeln zu schneiden. Schon immer widmete sie sich dem Erfinden von Geschichten und begann bereits im Grundschulalter damit, sie aufzuschreiben. Mit ihren gefühlvollen Liebesromanen hat sie sich ihren Traum vom Schreiben erfüllt. Sie ist überzeugt, dass es viele Wege zum Glück gibt, und hofft, ihren Lesern mit ihren Büchern ein wenig davon zu schenken.

Mehr über Michelle und ihre Bücher gibt's im Internet auf michelleschrenk.de sowie auf Facebook und Instagram:
www.facebook.com/MichelleSchrenkAutorin
www.instagram.com/michelle_schrenk_autorin

Herzhaft verliebt

Die neue Reihe von
Marit Bernson und Michelle Schrenk

Humorvoll, prickelnd und
eine echte Gefahr für die Lachmuskeln

WER EINMAL LÜGT, DEN KÜSST MAN NICHT.

Oder etwa doch?

Valentina hat die Nase voll. Nachdem sie von ihrem Freund abserviert wurde, fragt sie sich, ob die größte Lüge der Menschheit ist, dass zu jedem Topf ein Deckel passt. Sollte sie vielleicht selbst zum perfekten Deckel werden?

Als sie an Silvester beschließt, mal nicht sie selbst zu sein, wickelt sie tatsächlich Hannes um den Finger. Charmant und obendrein noch Anwalt. Ein Volltreffer. Doch was, wenn man eigentlich so gar nicht selbstbewusst ist und lieber Kekspyjamas trägt? Genau, man braucht Hilfe von jemandem, der was davon versteht. Zum Glück wohnt gleich nebenan der attraktive Aufreißer Jakob, mit dem sie sich gerne im Flur streitet.

Er schuldet ihr einen Gefallen und erklärt sich bereit, Valentina Nachhilfe in Sachen Männerfang zu geben. Was soll da schon schiefgehen?

In sich abgeschlossener Liebesroman

HÄTTE ICH MAL LIEBER SCHOKOLADE GEGESSEN

Schokolade oder Chef – was besser schmeckt, bleibt noch zu klären ...

Stell dir vor, dein attraktiver, aber launischer Boss erfährt plötzlich dein tiefstes Geheimnis. Genau das passiert Lissy, als sie versehentlich die falsche Datei mit ihrer Kündigung abschickt. Plötzlich weiß „Mister Hotti“, wie sehr er sie verrückt macht – in jeder Hinsicht. Leider hat Lissy versprochen, noch die anstehende Betriebsfeier vorzubereiten. Wie soll sie das aushalten? Zumal ihr Boss nun erst recht all die Dinge tut, die sie in den Wahnsinn treiben.

Zwischen Aktenstapeln und ungegessener Schokolade entwickelt sich ein Spiel, das Lissys Nerven strapaziert. Sie weiß nur eins ganz sicher: Niemals wird da etwas zwischen ihnen laufen …

Eine humorvolle Geschichte über süße Versuchungen, ungewollte Geständnisse und die Tücken des Büroalltags, in dem die Gefühle manchmal heißer kochen als der Kaffee.

In sich abgeschlossener Liebesroman

DAS IST JA NE SCHÖNE BESCHERUNG

Weihnachtspläne sind wie das Versprechen, sich nicht vollzufressen: Man weiß von Anfang an, dass es nicht klappt!

Anna und Weihnachten – das passt dieses Jahr so gar nicht zusammen. Für sie sind Wunder und Weihnachtszauber nur noch leere Worte. Ihr Plan: bei ihren Eltern entspannen und das Fest stressfrei vorbeiziehen lassen.

Doch als ihre Eltern spontan beschließen, in den Urlaub zu fliegen, steht Anna plötzlich vor der Aufgabe, das gesamte Weihnachtsfest allein zu organisieren – inklusive Baum, Deko, und natürlich Festessen. Chaos vorprogrammiert!

Als wäre das nicht genug, muss sie sich auch noch mit Jan herumschlagen – dem lästigen, aber unverschämt attraktiven Kerl, der sich in der Einliegerwohnung ihrer Eltern eingenistet hat. Zwischen Lichterketten-Katastrophen, misslungenem Sauerteig und Schneeballschlachten liefern sich die beiden einen ganz und gar unweihnachtlichen Kleinkrieg. Und je näher das Fest rückt, desto mehr funkt es …

Eine humorvolle und romantische Geschichte über zweite Chancen, den Zauber von Weihnachten und die Magie der kleinen Wunder.

In sich abgeschlossener Liebesroman